Anna

Mehr ist nicht genug **2**

AnnaVictoria Suks

Vorwort

Anna, eine junge, sehr attraktive Frau mit Familie, braucht mehr als der Alltag hergibt. Ihre Fantasie bringt sie manchmal an den Abgrund. Dennoch kann sie nicht davon lassen, sie meidet komplizierte Beziehungen, die ihre gute Ehe gefährden könnten.

Begleiten Sie Anna bei ihren Versuchen, jeder Situation im Leben eine lustvolle Seite abzugewinnen.

Ihre Freundinnen Mira, Karin oder Babette spielen hierbei eine lustvolle Schlüsselrolle. Mehr will ich Ihnen noch nicht verraten.

Frauen fühlen sich von meinen Abenteuern möglicherweise aufgefordert, ihrer Lust im Leben mehr Bedeutung beizumessen und männlichen Lesern kann es nicht schaden, sich mit den heimlichen Wünschen einer Frau auseinander zu setzen.

Ich hoffe, Sie haben beim Lesen genau so viel Freude, wie ich beim Schreiben.

Ihre

Victoria

★★ *Aufgrund expliziter Szenen erst ab 18!* ★★

Wenn Ihnen/ Dir meine Geschichten gefallen, freue Dich auf die Fortsetzung, die schon in Arbeit, was sage ich im Vergnügen ist.

Der Titel wird wieder **Anna** lauten.

Mehr ist nicht genug 3

© 2025 AnnaVictoria Suks
Verlag: BoD · Books on Demand GmbH,
Überseering 33, 22297 Hamburg,
bod@bod.de
Druck: Libri Plureos GmbH,
Friedensallee 273, 22763 Hamburg
ISBN: 978-3-8192-9582-9

Anna

Mehr ist nicht genug 2

Anna Victoria Suks

Anna, ca. 30 Jahre: Ehefrau, Mutter, Freundin, Geliebte...
in vielerlei Hinsicht immer noch auf der Suche nach dem Kick des Lebens.
Ihre Philosophie: Sie schont die Familie, ohne ihr eigenes Lustleben zu beschneiden!

Original-Leseprobe aus einem Kapitel:

Wieso habe ich es geschafft, ohne viele Umstände Mira so nahe zu sein? Ich bin nicht lesbisch. Aber meinem geliebtem Mann ständig fremd gehen, war auch nicht die Lösung, obwohl ich an einem saftigen Schwanz wenig auszusetzen hatte. Mit einer Frau sexuelle Fantasien auszuleben schien mir das kleinere Übel. Zudem gibt es hierbei von Seiten der Männer trotz vieler Möglichkeiten nahezu kein Misstrauen. Ich versuchte also Kontakte zu pflegen, ohne irgendeine dauerhafte Emotion. Sex mit Mann oder Frau, ja, aber ohne Gefährdung meiner ehelichen häuslichen Beziehung. Neben seiner anspruchsvollen Arbeit konnte ich meinen Mann zwar verwöhnen, jedoch nicht mit der vollen Wucht meiner sexuellen Fantasien und Bedürfnisse belasten. Ich hatte mir weitere Ventile zugelegt.

Da bin ich wieder. Für alle die den Teil 1 nicht kennen, füge ich dieses Kapitel nochmal zur Einstimmung ein. Dann folgen aber wieder einige neue saftige Abenteuer, versprochen!
Diesmal wird es ziemlich französisch.

park **&** *ride*

Irgendwann muss mich der Teufel geritten haben, ich fuhr zu einem jener Parkplätze, die Berufspendler benutzen.

Ich parkte den Golf so, dass seine Schnauze zu den Büschen zeigte, ich verschloss von innen die Zentralverriegelung und beobachtete ein paar Minuten das alltägliche Treiben auf dem Parkplatz. Noch wusste ich nicht genau was ich eigentlich vorhatte. Ich merkte nur meine Erregung, sie würde mir gleich einen Weg zeigen mich wieder glücklich zu machen.

Der Gedanke an Männer, die nur daran dachten schnell umzusteigen und nur ja keine Zeit zu verlieren und ich hier verschwenderisch in der Zeit, mit dem Willen nichts übereilt oder gar hastig zu machen. Ich konnte mir Zeit lassen, dennoch wurde meine innere Unruhe größer. Also begann ich ganz langsam meine Bluse zu öffnen, von unten her, oben sollte alles wie sonst aussehen. Ich streichelte meine kleinen Brüste, als Anfang ein erprobtes Mittel. **Dann** drehte ich mich ganz langsam, so dass mein kleiner Hintern ans Armaturenbrett stieß. Meine Knie ruhten auf dem linken und rechten Sitz. Mein Rock hing bis zu den Knien herab. Im Zeitlupentempo senkte ich meinen Po, meine Schenkel begannen vor Erregung zu zittern, obwohl ich noch nicht am Ziel angekommen war. Ganz langsam dachte ich, nichts überstürzen, der nächste Augenblick wird wunderbar sein. Da war er, hart und kalt. Letzteres würde sich gleich ändern. Diesmal wollte ich keine Hände zur Hilfe nehmen. Auch wenn es länger dauern würde. Ich verstärkte den Druck, begann langsam vor und zurück zu rutschen, noch waren meine Lippen geschlossen und trocken, auch wenn ein paar Zentimeter weiter die Schleusen bereits begannen sich zu öffnen. Die Lippen genossen den sanften Druck, sie schwollen an und wurden fester. Ich rieb etwas schneller, immer noch hart, aber gar nicht mehr kalt. Die Hitze meiner Schenkel hatten ihn bereits erwärmt. Ich spürte jede Vertiefung der aufgeprägten sechs Gänge auf seiner Oberfläche. Ich wollte den Druck auf ihn erhöhen, aber es befiel mich jedes mal die Angst, ob er nicht zu groß sein würde. Ich hielt kurz inne. Dann dachte ich an all die wunderschönen Augenblicke die ich schon erlebt hatte. Ich presste also weiter und merkte wie sich meine Lippen öffneten. Die Angst stieg wieder in mir auf. Gleichzeitig wollte ich ihn mit aller Gewalt tief in mir spüren. Es gab wie immer eine Stelle, an der ich glaubte es geht nicht weiter. Meine Schenkel begannen zu zittern, ich stützte mich nach vorne auf der Mittelkonsole ab. Weiter, nicht aufgeben, noch ein kleines Stück, dann ist der Engpass überwunden. Ich weiß nicht, ist es Schmerz oder Genuss. Dieser Gedanke bringt mich nicht weiter. Entweder ganz zurück und neu beginnen oder durchhalten. Ich entscheide mich für letzteres. Noch ein kleiner Ruck und ich spüre, wie meine Weichteile ganz langsam nach ihm greifen. Stück für Stück wandert auf die andere Seite. Plötzlich dieses unbeschreibliche wohlige Gefühl. Nun hat er viel mehr Platz. Ich atme tief durch, meine Schenkel beruhigen sich ein wenig. Nun kann`s los gehen. Ich will jede Bewegung genießen. Also lasse ich meinen kleinen Freund erst mal so tief in mich gleiten wie es nur geht. Ich freue mich, das ich an dieser Stelle so sparsam war, keine sportliche Kurzausstattung gewählt zu haben, sonst wäre jetzt schon der Anschlag erreicht. Ich lote genüsslich die gesamte

Länge des Schaftes aus aus. Diese Stelle muss ich mir für die nächsten Minuten merken. Ich steige langsam wieder nach oben, ich wiederhole einige male diese Bewegungen und merke wie alles in mir kocht. Ich verspüre das unbändige Verlangen den Augenblick des ersten Eindringens zu wiederholen. Also hebe ich meinen kleinen Hintern langsam so hoch, dass ich erneut an die Stelle mit der regelmäßigen Beklemmung komme. Ich weiß, alles ist feucht, er wird gleich wieder aus mir herausspringen, um so lustvoller wieder einverleibt zu werden. Ich trainiere damit meine V-Muskeln so, dass ich sie nach Belieben anspannen oder locker lassen kann.

Im ersten Augenblick bin ich natürlich mehr an der Entspannung interessiert. Später mache ich bestimmte Muskeln härter, um den Genuss noch zu steigern. Speziell dann, wenn ich kurz vor dem Höhepunkt bin. Aber noch ist es nicht soweit. Ich gönne mir vor dem großen Ritt noch eine Verschnaufpause. Nun ist es soweit. Er ist tief in mir, wartet nur darauf sein lustvolles Werk zu vollenden. Mein Blut jagt, gleichzeitig muss ich innerlich darüber lachen, wie viele Männer mit diesem unscheinbaren Gegenstand wohl tauschen möchten. Aber heute bin ich mit meinem kleinen Freund alleine ganz zufrieden. Keine Fragen. Keinerlei Rücksichnahme. Keine Beschränkungen, nur ich, ganz frei. Genug der Gedanken an die, die nicht hier sind. Die Welt um mich herum hatte ich völlig verbannt. Da klopfen ein paar Männer ans Fenster und fragen ob sie mir helfen könnten. Ob es mir nicht gut ginge. Ich bitte einen der Männer mir zu helfen. Die anderen solle er bitte wegschicken. Er sagt den Männern, es sei alles in Ordnung. Er käme allein zurecht. Die anderen Männer verziehen sich nicht ohne noch einmal durchs Fenster hereinzuschauen. Auch wenn sie nichts sehen können, unattraktiv bin ich wirklich nicht.

Ich öffne die Türe, sage: „Bitte setzen sie sich auf den Beifahrersitz, die Lehne klemmt."

Der Herr steigt ein, setzt sich auf den Beifahrersitz. Ich schließe wieder die Zentralverriegelung.

„Ich habe da eine Bitte, ich glaube ich habe mich verhakt, würden sie bitte einmal zum Schalthebel greifen und mich loshaken. Aber bitte nicht gucken."

Der Mann greift unter den Rock, sucht den Schalthebel Entschuldigt sich, weil er scheinbar neben das Höschen gegriffen hat. Er zuckt zurück.

„Tschuldigung"

Ich sage ganz leise: „Bitte helfen sie mir."

Der Mann versucht es ein zweites mal. Plötzlich zuckt er ein zweites Mal, erstarrt und schaut mir in die Augen. Er hat begriffen, dass der Schalthebel an einer für ihn unerwarteten Stelle gelandet ist. Es bricht ihm der Schweiß aus. Ich setze mein unschuldigstes und zugleich Hilfe erbettelndes Gesicht auf. Er weiß immer noch nicht, ob er aussteigen und weglaufen soll oder ... Ich sage:

„Ich sage ihnen wie sie mir helfen können."

Ich nehme seinen linken Arm, lege ihn flach auf die Ablage und schiebe seine Hand unaufhaltsam auf meine Muschi zu. Er ist angekommen, zuckt erneut. Langsam beginnen seine Finger sich zu bewegen. Er ist noch unentschlossen, ob er mit dem Daumen oder den Fingern sein Werk fortsetzen soll. Ich merke, er nimmt den Daumen weg, schiebt Mittel- und Zeigefinger in Richtung Schalthebel, stößt dagegen und ändert die Richtung noch oben. Ich freue mich darüber, wie er sich ganz auf mich konzentriert. Ich stütze mich wie zufällig auf sein linkes Bein. Versetze meine Hand in kleinen Schritten aufwärts.

Es ist nicht mehr zu übersehen er hat voll angebissen. Die Beule in seiner Hose spricht eine deutliche Sprache. Ich streife im wegnehmen meiner Hand wie zufällig diese prächtige Beule. Diesmal zuckt nur ein kleiner Teil von meinem Mann. Er bohrt seine Finger mit viel Geschick und erstaunlichem Druck in meine saftige Höhle. Ich greife ohne ein Wort nach seinem Reißverschluss, schaue ihn dabei an, er sitzt breitbeinig da, den Kopf etwas in den Nacken gelegt und seinen Mund leicht geöffnet. Ich finde ein Prachtexemplar in einer nicht mehr ganz aktuellen Unterhose. Aber was soll's, ich sammle ja Schwänze und nicht... Ich ziehe seinen Schwanz mit aller Erfahrung aus seinem engen Gefängnis. Er glänzt und trieft bereits. Ich bin hoch zufrieden. Ziehe seine Vorhaut zurück und halte seine glitschige blanke Eichel zwischen den Fingern. Er stöhnt auf, sagt aber immer noch nichts. Er hat mein Spiel scheinbar verstanden. Ich merke wie er ab und zu aufhört seine Finger zu bewegen. Für mich ein Zeichen, das ich bald mit heftigeren Reaktionen rechnen muss. Aber noch ist es nicht soweit. Ich lasse ihm noch Zeit, kümmere mich mal um seine Eier. Fühlen sich prächtig an. Nun endlich hat er soviel Mut, dass er seine Finger zu einem Haken geformt hat und mein Innerstes zum Kochen bringt. Mir bricht der Schweiß aus. Meine Beine zittern. Ich bin gerade fantastisch gekommen. Ich muss ebenfalls einige Sekunden innehalten, ich merke wie sich das Innerste meiner Muschi zusammenzieht um Knauf und Hand. Der Junge ist prima, er genießt ohne seine Hand auch nur einen Millimeter zurück zu ziehen. Für ihn könnte es sogar schmerzhaft sein, so an das kalte Metall gepresst zu werden. Er weiß es wird nicht ewig sein. Danke, mein unbekannter Freund .... Nun zu ihm. Ich ergreife seinen Schwanz, er ist kein bisschen kleiner geworden, eher noch härter. Ich merke an seinem Gesichtsausdruck, das auch seine Zeit gekommen ist. Um ihm zuhause und auch mir keine häuslichen Probleme zu machen überrasche ich ihn noch einmal, indem ich meinen Mund blitzartig über seine saftige Eichel stülpte und ein paar Mal die Zunge kreisen lasse. Bevor ich richtig darüber nachdenken kann, wonach es diesmal schmeckt, kommt er, wie ich selten einen Mann erlebt habe. Fünf kräftige Schüsse oder sollte ich besser sagen Schlucke. Das ist nicht alltäglich. Er zuckte noch drei- bis viermal um sich dann zu legen. Ich wischte mir mit der linken Hand den Mund. Danach betrachtete ich mein Werk. Seine Hose war sauber geblieben, die Sitze meines Golf hatten nichts abbekommen. Jetzt musste ich aber meine vorgespielte Zwangslage beenden. Ich hob also meinen kleinen Hintern und er verfolgte mit seinen Fingern jede meiner Bewegungen. Er glitt zusammen mit dem Schalthebel heraus. Ich ruhte mich noch einen Augenblick auf seiner warmen Hand aus. Dann erhob ich mich mit zitternden Knien und ließ mich auf dem Fahrersitz nieder. Um mir zu zeigen wie sehr er alles genossen hatte, steckte er seine Finger in den Mund und leckte sie versonnen ab. Dieser Mann, ein Naturtalent, wie ich. Ich schaute ihn an.

Er sagte nur „Danke, sie sind super!" dann stieg er aus, nicht ohne mir einen Kuss auf die Wange zu geben. Ich hörte eine Autotüre, war es seine? Ich konnte mich im Augenblick nicht mehr konzentrieren. Ich merkte wie meine Schenkel feucht und kalt wurden. Es war Zeit nach Hause zu fahren und ein Bad zu nehmen. Auf der Heimfahrt dachte ich, ob er wohl möglich erst bei seinem ersten Kunden bemerkt, das seine Hose noch offen ist. Ich merkte, wie mich dieser Gedanke unerwarteterweise kalt ließ. Für heute war es genug.

Clubleben

Ich liebe Notrufe, warum kommen die immer alle bei mir an. Die Stimme am anderen Ende der Leitung war ungewöhnlich hektisch. Mira hatte ein Problem sexueller Art, nicht, dass sie Rat in diesen Dingen des Lebens brauchte, sie war Expertin. Aber da sie als erfolgreiche Maklerin arbeitete, ging sie manchmal etwas mehr auf ihre Kunden zu, als branchenüblich. Genau da lag ihr Problem. Ihre Mutter hatte an diesem Wochenende einen runden Geburtstag und sie hatte einem Kunden einen gemeinsamen Abend versprochen. Welcher Mann würde nicht mit ihr ausgehen wollen. Hübsches Gesicht, tolle Oberweite, eine witzige Gesprächspartnerin, aber sie hatte den Termin mit ihrer Mutter im Eifer des Geschäftes übersehen. Der Termin für den Vertragsabschluss drängte und konnte nicht um eine Woche verschoben werden. Sie bat mich, ihr einen riesigen Gefallen zu tun. Dieser Top-Kunde wollte mit ihr in einen Club gehen. Über meine Garderobe brauche ich mir keine Sorgen zu machen, in diesem Club genügte eine Bluse und ein Slip. Ich war nicht wenig überrascht, wen sie da aufgetan hatte. Ich hatte durch sie ja schon andere schräge Vögel kennen-gelernt. Mir fiel spontan unsere Radtour der Spitzenklasse ein. Mira verstand es wie keine andere, mich zu Dingen zu verleiten, die ich alleine nicht gewagt hätte. Nicht, dass ich schüchtern bin, aber es ergeben sich für einen Hausfrau halt nicht so viele Möglichkeiten. Nachdem ich mich ein wenig gesträubt hatte, diesen Sonderauftrag zu über-nehmen, erklärte mir Mira die Einzelheiten. Mein Auftrag sei es nicht mit dem Kunden wild rum zu vögeln, sondern ihn in einen Pärchenclub zu begleiten. Ohne Frau kein Pärchen! So lief das also. Und wenn wir dann drin wären, brauchte ich mich nur in seiner Nähe aufzuhalten oder könne überall gucken, mehr nicht. Ich dachte nur, wenn das mal gutgeht. Sie versicherte, dass niemand zu irgendetwas gezwungen werde, dies sei die wichtigste Spielregel. Außerdem gebe es überall Kondome, so dass ich mir keine Sorgen machen brauche. Mira dein Wort in ... Ob der mir an solch sündigem Ort helfen würde, war mir doch etwas zweifelhaft. Mira sagte, ich solle zu ihr kommen, da könnte ich mich noch etwas einpüffen und herrichten, bevor er mich abholen würde. Zuhause ging natürlich nicht. Ich verabschiedete mich zuhause mit der fadenscheinigen Ausrede Mira bei den Vorbereitungen zum Geburtstag ihrer Mutter zu helfen. Mein Mann war solche Aktivitäten schon gewohnt und meinte, dann könne er ja ausgiebig fernsehgucken, ohne jemanden zu stören. Er liebte unter anderem Dmax mit seine technischen Sendungen, die mich gar nicht interessierten.. Ich bereitete das Abendessen mit leicht klopfenden Herzen vor. Früher war ich in solchen Augenblicken so aufgeregt gewesen, dass ich meinte, mein Mann müsste mir die aufsteigende Geilheit ansehen. Mittlerweile hatte ich mich etwas besser im Griff und dachte möglichst nicht an später, sondern nur an den leckeren Nudelsalat, den ich noch schnell zauberte. Ich packte mir ein paar Kleinigkeiten ein und ging unge-schminkt zum Wagen. Bei Mira änderte sich die Stimmung schlagartig. Mira meinte, mach dich nicht zu schön, sonst meint er noch ich hätte ihm ein Geschenk gemacht. Er stehe üblicherweise auf dicke Titten, deshalb läge sie ja auch so gut im Rennen. Aber im Club würde er bestimmt eine Passende finden. Wenn ich Lust hätte, könne ich natürlich auch mitmachen. Ich war innerlich noch eher ablehnend, was das Mitmachen anging. Aber zugucken, das interessierte mich schon.

Es klingelte, ich war noch gar nicht richtig fertig, Mira sagte, keinen Lippenstift, der verschmiert sowieso nur. Also runter damit. Ich fand, ich sah fad aus. Dann kam er, etwas untersetzt und kleiner als ich erwartet hatte. Bis auf das Goldkettchen eine passable Erscheinung. Mira stellte mich natürlich mit einem anderen Namen vor. Heute hieß ich Angela. Was soll´s. Im Club braucht jeder einen Namen für den Schlüssel. Da werden wohl alle Namen Phantasieprodukte sein. Er wurde mir als Manni vorgestellt. Ich schaute unwillkürlich auf seine Schuhe, ob es da etwas ungewöhnliches gäbe. Er grinste freundlich, weil er wohl meine Gedanken erriet und sagte:

„Dann wollen wir mal, Angela!"

Er gab Mira einen Kuss auf die Wange und zog mit mir los. Ich saß plötzlich in einem schicken Jaguar und fühlte mich fast ein wenig nuttig. Neben mir ein wildfremder Mann, von dem ich nur seine sexuellen Vorlieben ein wenig kannte. Worauf hatte ich mich da bloß wieder eingelassen.

Wir fuhren in die nächste Stadt, er parkte in einer Nebenstraße und wir gingen die letzten Meter zu Fuß.

Ich hatte mir vorgestellt, wir würden in ein feudales Gebäude gehen, statt dessen handelte es sich um ein normales Stadthaus.

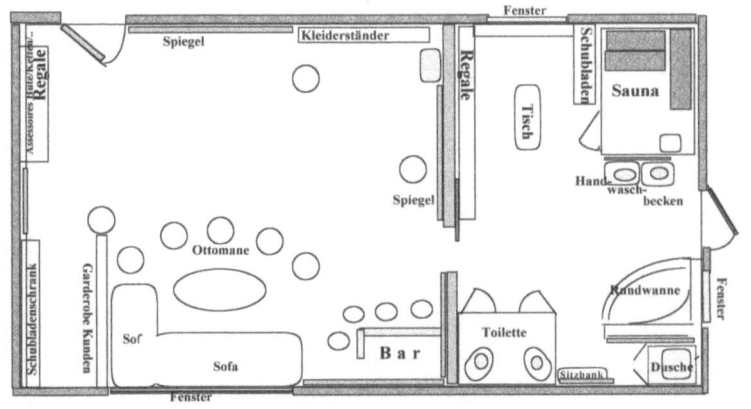

Außer einem kleinen beleuchteten Schild mit der Aufschrift Club, wies nichts auf die Dinge hin, die sich darin abspielten. Er klingelte und kurz darauf öffnete eine Asiatin die Türe. Sie lächelte und meinte, ihr könnt eure Sachen hier in den Spind hängen. Kaum drin, stand ich nur mit meinem kleinen schwarzen Slip und einem T-Shirt im Raum. Manni hatte für diesen Zweck einen etwas größeren Tanga, der mich eher abturnte mitgebracht. Er zahlte einen für Paare günstigeren Preis, Frauen die alleine kommen, brauchen gar nichts zu zahlen. In diesem Preis sind beliebige Getränke und Zwischenmahlzeiten enthalten, erklärte mir Manni, offensichtlich war er schon mal hier gewesen. Als wir den nächsten Raum betraten, waren wir von leicht bekleideten Männern und Frauen umgeben. Für mich zunächst der größte Unterschied zu meinen Saunabesuchen, niemand im Bademantel. Der Raum war gut beheizt, so dass niemand frieren musste. Wir suchten einen freien Tisch und bestellten unsere Getränke. Manni überraschte mich, als er statt Bier

Orangensaft bestellte. Er wollte wohl möglichst fit ins Rennen einsteigen. Als ich mich umschaute, wunderte ich direkt über die Gesprächsthemen der Leute an der Bar. Ich hatte damit gerechnet, dass einer dem andern erzählt, wie viele er schon flachgelegt hätte, wie man Frauen am besten zum Höhepunkt bringt. Statt dessen traute ich meinen Ohren nicht. Ein großer Kerl, den alle Otto nannten erzählte ausgiebig, wie er heute bei einer netten Dame die Waschmaschine repariert hatte, und wie die sich bedankt hatte. Die umstehenden johlten direkt, weil sie meinten, er habe die Kundin vernascht,

„Neh sagte er, die war doch schon 60 und hat mir einen tollen Eisbecher gemacht."

Nein richtig enttäuscht waren die anderen nicht, über diese Wendung der Geschichte, statt dessen hatte nun jeder eine andere Storie aus seinem Berufsleben parat. Das sollte ein Sexclub sein. Niemand grapschte an den Frauen rum, packte an die Titten, riss Zoten. Ich war einerseits beruhigt und andererseits enttäuscht. Wir waren ja noch gar nicht lange da. Als wir ein weiteres Getränk bestellten meinte Otto, ganz fürsorglich, ihr könnt ruhig schon nach unten gehen. Manni schaute mich an, ich nickte und dann gingen wir über eine mit Teppich belegte Kellertreppe nach unten, ich hatte schon vorher bemerkt, dass einige Männer und Frauen durch diese Türe verschwanden, wohl nicht um auf Toilette zu gehen. Es war schummrig und man sah nur auf dem Gang, wohin man trat. Manni nahm mich an die Hand, wohl, damit ich nicht versehentlich in eine dieser Öffnungen, die statt Türen lange Stoffbänder als Sichtschutz hatten, verschwand. Wir machten erst einmal einen kleinen Rundgang. Der Keller hatte ganz verschieden eingerichtete Räumlichkeiten. Ein Raum nur so groß wie ein Doppelbett mit Spiegeln und einer Beleuchtung die durchaus genügte, um zu sehen was andere machten. Wir waren mehr dem lauten Stöhnen nachgegangen. Eine Frau, von der man nicht viel mehr sah als die Füße, die über der Schulter ihrer Partners mitsamt Schuhen hochragten, wippten bei jedem Stoß ihres Liebhabers. Gleichzeitig seufzte sie aus tiefer Seele heraus. Ich kam zu dem Schluss, das sie ganz bei der Sache war. Manni kroch an den beiden vorbei um besser zu sehen und zu hören, was die beiden so drauf hatten. Als der Stecher mit langem durchdringendem Stöhnen abspritzte, nahm die Frau ihre Beine wieder herunter, zog ihr Höschen an und verschwand. Ihr Lover zog den Präser von seinem Ständer und wischte sich sein Glied gründlich ab. Hier gab es keine Scham vor Beobachtern. Jetzt erst sah ich die kleine Schale an der Wand, die bis zum Rand mit Kondomen gefüllt war. Ich war ein wenig beruhigt. Irgendwie hatte mich die Nummer der beiden ein wenig angemacht. Ich fragte Manni. ob er genug gesehen habe. Er kroch aus seiner Ecke wieder hervor, ich sah, wie sich etwas in seinem Slip regte. Normalerweise helfe ich in solchen Situationen schon mal. Aber ich hatte mir für heute vorgenommen, mich herauszuhalten. Wir wechselten den Raum. Nebenan könnte sich alles auf einer große Matratze am Boden abspielen. Noch war niemand zu sehen. Dann hörten wir Flüstern und Stöhnen aus einem Raum, den wir bisher übersehen hatte. Der Eingang war wie in einer Hundehütte. Man musste auf allen Vieren hineinkriechen. Im Raum selber gab es eine Lustwiese von der Größe eines französischen Bettes. Die Wände waren überall mit Teppichboden beklebt, so saß man sich nicht verletzen konnte. Dieser Raum schien mir noch dunkler als die vorherigen. Mehrere Personen beschäftigten sich miteinander. Ich konnte nur Rücken sehen. Eine Frau lag auf der Seite und während der eine Mann ihren Hintern und die Furche knetete, kraulte sie einem weiter oben mit gespreizten Beinen knienden Mann kräftig an den Eiern. Zwischen seinen Oberschenkeln regte sich Leben. Eine prächtige Latte hatte sie schon gezaubert. Sie griff in das Körbchen an der Wand, fingerte einen Präser heraus und stülpte ihn geschickt über seinen Schwanz. Dann nahm sie ihn in den Mund und blies ihn mit kräftigen Mundbewegungen. Ich schaute zu meinem Begleiter und sah, dass Manni sich gerade seines Höschens entledigt hatte. Er robbte auf allen Vieren auf die andere Seite der Blasenden. Griff ihr von hinten an ihre kräftigen Glocken und knetete sie. Keine Gegenwehr störte seine Aktivitäten. Sie schien es zu mögen, nachdem der Kniende sich heftig wand, um dann abzuspritzen, drehte sie sich und kümmerte sich nun ausgiebig um Mannis Glied, dass bereits Anstalten machte vorwitzig in der Runde umher zu gucken. Er hatte, so musste ich zugeben, auch wenn die Beleuchtung mies war, einen durchaus akzeptablen Schwanz. Unter anderen Umständen hätte ich seine Eier nicht nur gekrault, sondern auch kräftig abgeleckt. Die Kerle sind dann nicht mehr zu halten. Nun ich wollte zugucken. Wie ging es weiter. Die Frau fragte, ob er ihn lieber rein schieben wolle oder er ihr von hinten auf ihren Hintern spritzen wollte. Ich war unschlüssig, ob sie das ihm zuliebe anbot oder selber Freude daran hatte bespritzt zu werden. Manni entschied sich für die große Spritznummer. Sie bot ihm ihren Hintern als Landebahn für seinen Samen. Er bearbeite seinen Lusthobel noch ein wenig, riss den Präser vom seinem Schwanz und spritzte ihr seinen Saft über den ganzen Rücken. Sein weißes Sperma war trotz der Dunkelheit gut zu sehen. Es war erstaunlich viel. Er hatte viermal gespritzt. Der Raum füllte sich mit dem Geruch frischen Spermas. Ich merkte wie meine Muschi anfing zu jucken. Sie stellte so dumme Fragen, wie

„Warum machen wir denn heute nicht mit, wie sonst."

Nun, ich wollte heute alles sehen, ohne mich ins Getümmel zu werfen. Bisher hatte es mir auch so gefallen. Leicht feucht im Schritt gingen wir wieder nach oben. Manni brauchte eine Pause. Die Akteure von eben saßen irgendwo im Raum. Kein Wort über die letzten Leckereien, statt dessen Fachsimpeln, wie man am besten sein Dach ausbaut. Männer sind schon seltsame Geschöpfe. Im einen Augenblick geil wie Nachbars Lumpi, im nächsten wieder total normal. Meine Muschi saftete immer noch, Manni versuchte sich mit mir etwas zu unterhalten. Er wusste hier oben nicht so recht worüber. Er hatte, was ich für einen Mann erstaunlich fand, bisher toll an unsere Abmachung gehalten. Er hatte kein einziges mal versucht mich zu irgend etwas zu animieren. Jetzt forderte er mich fürsorglich auf, mit ihm zum Büfett zu gehen. Nun das stand in der Küche, so wie man es aufbaut, wenn Oma es mit den Jungs gut meint. Gurken, Blutwurst, Brötchen, Mett, eine Wurstplatte, Kartoffelsalat, etwas Blattsalat. Eine wie ich fand unerwartet familiäre Art mit Sex umzugehen. Alle wollten das eine und zwar ohne viel Gequatsche. Wenn´s dann vorbei war, konnte Mann Frau sich wieder den normalen Dingen zuwenden. Für mich eine neue Art Sex zu sehen. Ich müsste unbedingt mit Mira darüber reden, wie sie damit klarkommt. Neben mir am Buffett, einer der Aktivisten der letzten Runde, recht gut gebaut, musste ich ihm lassen, wenn auch heute Abend die Bauchfraktion nicht zu übersehen war. Nun, Hauptsache, da ist noch was darunter, worum es sich lohnt zu kümmern.

Noch einen Saft, für mich ein Pikollo, Manni versprach sich davon vielleicht etwas mehr Einsatz meiner Person. Ich hatte nicht den Eindruck, dass er auf mich stand, aber mich in Aktion zu sehen würde ihn bestimmt interessieren. Einige Paare hatten den gleichen Rhythmus, wie Manni und ich. Dann ergab sich halt eine neue Runde. Eine, einer nach dem anderen verschwand ohne großes Palavern wieder in den Katakomben, wie ich sie für mich nannte. Wir gingen wieder die Treppe hinunter, nun kannte ich mich schon etwas besser aus. Unten bemerkte ich Geräusche aus einem Raum, den ich vorher übersehen hatte. Zwei Pärchen lagen über Eck auf einer Sofa ähnlichen Konstruktion, nur beleuchtet von einem Bildschirm auf dem sich gerade zwei Frauen heftig miteinander beschäftigten. Als ich näher hinsah, erkannte ich die Thailänderin wieder, sie lag nackt auf dem Rücken und wand sich unter den heftigen Liebkosungen eines Herren. Den konnte ich nicht richtig sehen, da sein Kopf im halbdunkel zwischen ihren Schenkeln wirklich nicht aus zu machen war. Er schien mit Geschick und Eifer dabei zu sein, jedenfalls stöhnte sie mitreißend. Ihre kleinen festen Brüste, mit den steil aufragenden Nippeln hätten mich fast dazu verleitet selber auch noch Hand anzulegen. Doch ein Blick zu Manni brachte mich davon ab. Er hatte es sich auf einem hochstehen Sessel bequem gemacht und beobachtete die Paare. Dabei rieb er sich genüsslich seinen Steifen Begleiter. Mich interessierte dieser Stuhl natürlich sehr. Vielleicht könnte ich später noch sehen, wie man ihn lustvoll einsetzen kann. Er hatte

die Höhe eines Barhockers, aber die Form eines Mini-
sofas, so dass man bestimmt gut rücklings darauf liegen
könnte um ..., meine Muschi meldete sich:

*„Lange halte ich das nicht mehr aus. Warum legst Du
Dich nicht einfach selber hin und schaust, was dann
passiert?"*

Dampfsauna

Mira und und ich waren verabredet, ab und zu gingen wir
in die Sauna. Kurz bevor ich sie abholen sollte, rief sie an,
sie sei verhindert, sie müsse sich dringend um einen
Kunden kümmern. Nah, ich wusste schon, was das heißt,
Business vom feinsten und einen Mann voll abschöpfen.
Nun, da stand ich mit meiner Saunatasche dumm da. Alles
auspacken und auf den eigenen Abend verzichten. Nee,
das musste nicht sein, nicht, das ich nicht gerne mit
meinem Mann zusammen wäre, aber wenn er spät abends
nach Hause kommt, ist er doch geschafft und braucht mich
mehr als Zuhörerin, denn als Gespielin. Ich hatte ihm wie
immer an solchen Abenden etwas zu essen hingestellt und
war abfahrbereit. Sollte ich Ellen noch schnell anrufen?
Lieber nicht, keiner möchte gerne nur Lückenbüßer sein.
Also wagte ich einfach mal allein in die Sauna zu gehen.
Vielleicht traf ich ja Leute, die wir sonst schon mal
gesehen hatten. Wenn nicht, wäre ich halt etwas früher zu
Hause.
Ich machte also einige Saunagänge, niemand, den ich
kannte war heute da. Mehrere nette Männer und Frauen,
mit denen ich ein wenig unaufdringlichen Smalltalk
pflegen konnte. Eine Frau, um die 40, etwas älter als ich,

war auch allein. Wir kamen im Restaurant etwas mehr ins Gespräch, ich war überrascht, dass sie Karin kannte, ich hatte sie bisher nie bei den Verkaufsparties gesehen. Sie hatte eine angenehme tiefe Stimme, mittellange dunkle Haare und eine üppige Figur, nicht nur mit mir verglichen. Ich bin ja eine sehr kleine und zierliche Frau, mit kurzen blonden Haaren und einem sehr mädchenhaften Busen. Nun diese Frau, die sich als Ilona vorstellte, arbeitete als Innenarchitektin. Ein interessanter Beruf, wie ich fand. Nachdem wir etwas getrunken hatten, stand nun der letzte Saunagang, üblicherweise das Dampfbad an. Die Sauna hatte sich schon merklich geleert, da wir schon auf das Ende der Öffnungszeit zugingen. Wir setzen uns in die Dampfsauna, nachdem wir wie üblich die Fliesen gesäubert hatte, um uns ohne Handtuch niederzulassen. Wir schwitzten nicht so toll wie sonst, da sie scheinbar den Ofen schon abgestellt hatten. Ilona saß neben mir und wir setzten das Gespräch aus dem Restaurant fort. Es ging, das war unschwer zu erraten um, nah, klar Männer und deren Vorlieben. Wir kamen zu dem Schluss, das die meisten doch recht einfach gestrickt sind. Anblasen, reinstecken, abspritzen, nah da waren wir der Meinung, dass es noch mehr zu tun gibt. Ilona kam richtig in Fahrt als sie mir von ihrem Abenteuer im letzten Urlaub erzählte. Verständigungsprobleme kannte sie nicht, obwohl sie die Landessprache nicht kannte. Der Kerl hatte ihr frech seinen Prügel in voller Blüte vor die Nase gehalten. Etwas plump, aber so weiß man ohne Umschweife, woran Frau ist. Sie hatte ohne lange zu lamentieren einfach hinein gebissen, bis er stöhnte. Dann hatte sie auf etwas zärtlicher umgeschaltet, seine krausen behaarten Eier erst geknetet und dann kräftig angesaugt.

Er hatte einfach seine Stimme verloren, außer einem Gurgeln kam kein Laut über seine Lippen. Dann hatte sie ihn aufgefordert, sie von hinten zu nehmen. Zuerst in ihre saftige wartende Möse, dann nach arabischer Sitte in ihren Hintereingang. Sie merkte sofort, das ihm diese Art eine Frau zu nehmen nicht fremd war. Er war Experte. Es war ein tolles Gefühl als er tief in ihr abspritzte. Sie hatte ihn aus Dankbarkeit einfach nochmal in den Mund genommen und blitzeblank gelutscht, so dass sich der Mond auf seiner glänzenden Eichel spiegelte.

Ilona traf meinen Geschmack, ich liebe es ebenfalls einen Schwanz so zu verwöhnen, wie Ilona es mit unglaublicher Intensität gerade beschrieben hatte. Ich gab auch eine kurze Geschichte zum Besten. Die mit unserem Nachbarn Egon, ließ aber lieber noch ein paar deftige Detail weg, da wir uns noch nicht lange kannten, verzichtete ich erst mal auf meine erotischen Abenteuer mit meinen Freundinnen. Wir steigerten uns in wilde Erinnerungen, vielleicht flunkerte meine Saunanachbarin auch ein wenig, sie wollte mir ehrlich weiß machen, sie habe, mehr erlebt als ich. Nah da musste sie sich aber ranhalten, dachte ich. Große Brüste sind zwar toll, aber wie ich weiß haben mache Männer ab einer gewissen Größe nicht nur Respekt, sondern entwickeln regelrechte Ängste. Mich hingegen ziehen große Brüste magisch an. Ich würde zu jetzt gerne Ilonas dicke Titten streicheln. Ihre Nippel mit den Zähnen zärtlich beißen. Daran ziehen ... Da meinte Ilona plötzlich, sie müsse ganz dringend aufs Klo, PiPi machen, sie komme gleich wieder. Die wilden Geschichten würden ihr immer auf die Blase gehen. Als sie den Saunaraum verlassen hatte, saß ich ganz alleine da und schwitzte so vor mich hin. Meine Finger streichelten unwillkürlich durch meine Muschi, sie war nicht nur vom Schweiß ganz nass. Mein Kitzler schrie ganz leise, ich solle ihn ja nicht vergessen. Nun, er sollte sich etwas gedulden. Mein Blick ging über die Stelle, an der Ilona gerade noch gesessen hatte, mit blankem Hintern und blanker Möse. Als ich an ihre Möse dachte, stellte ich mir vor, dass sie bei unseren Erzählungen auch so feucht geworden sei? Sollte ich Ilona fragen, wenn sie gleich wieder käme oder selber nachsehen? Ich wurde immer geiler bei dem Gedanken, Ihre feuchten Lippen zu berühren. Meine Muschi jauchzte schon. Vielleicht könnte ich es auch anders heraus bekommen. Nein, das war zu abwegig. Ich sträubte mich noch gegen diesen Gedanken. Es bleibt immer etwas zurück, dieser Satz aus der Kriminalistik könnte vielleicht auch sein Gutes haben. Ich schaute zur Türe. Zum Fenster. Keiner zu sehen. Ich kniete mich hin und ehe ich weiter darüber nachdenken konnte, hatte meine Zunge die Fliese erreicht, auf der Ilona gerade noch gesessen hatte. Ich schloss die Augen und konzentrierte mich ganz auf meine Zunge. Schweiß, nicht so ganz mein Geschmack, aber da war noch etwas anderes, etwas fester klebte an meiner Zunge. Herrlicher Mösensaft. Sie war also genau so scharf geworden wie ich. Ich war zufrieden, meine Detektivarbeit hatte sich gelohnt. Ich wollte mich wieder hinsetzen, bevor Ilona zurückkäme. Aber ich blieb hängen. Ich schaute nach oben. Da stand Ilona breitbeinig hinter meinem Rücken.

„Suchst Du etwas Bestimmtes?"

„Das kannst Du aber leichter haben."

Sie trat etwas zurück, damit ich mich drehen, aber nicht aufstehen konnte. Ihre Möse konnte ich trotz des Halbdunkels gut erkennen. Meine Nase hatte die

Witterung aufgenommen, von der ich weiß, dass sie mich nicht mehr los lässt. Ganz sanft schob Ilona ohne ein weiteres Wort meinen Kopf auf ihre Möse zu. Der Duft ihrer saftenden Möse war unwiderstehlich. Ich verzichtete auf irgendwelche Gegenwehr, weil ich wusste, es war nicht mehr möglich umzukehren. Meine Zunge war schon auf dem Wege zwischen ihre Schamlippen. Meine Hände griffen ihren straffen Hintern und zogen sie heran. Ich merkte wie sie sich aufbäumte, als meine Zunge erstmals Ihren Kitzler umkreiste. Ein schönes Exemplar, dass ich mir gerne mal bei vollem Licht anschauen möchte. Ich vermutete, dass er dunkelrot bis braun sei. Meiner ist eher knallrot in geschwollenem Zustand. Es dauerte nicht lange und ich bemerkte wie sie sich wand. Gleich müsste es soweit sein. Ich war einerseits begeistert, wie sie auf mich abfuhr, andererseits enttäuscht, das ich noch nicht einmal dazu gekommen war, ihre Höhle zu erforschen oder ihre dicken Zitzen zu lecken. Ich musste sie unbedingt wiedersehen, aber jetzt mussten wir abbrechen, nicht nur weil unser Blut vor Geilheit kochte, sondern, weil unsere normale Saunazeit weit überschritten war. Wir duschten uns erst mal kalt ab, um uns dann gegenseitig lustvoll einzucremen. Gut das Mira nicht hier war, sie wäre sicher total eifersüchtig geworden. Ilona lud mich in der nächste Woche zu sich nach Hause zum Kaffeeklatsch ein. Nun seit meinen französischen Erfahrungen mit Babette hatte dieses Wort schon eine Menge an traditioneller Bedeutung eingebüßt. Die neue lustbetonte Komponente gefiel mir natürlich noch besser.

OMNIbus

Mein Golf, der mir sonst so viel Freude machte, ist kaputt. Leider hat mein Mann keine Zeit mit mir zur Werkstatt zu fahren. Ich beschließe also allein den Wagen wegzubringen, schließlich gibt es auch Busse, um zurück zu fahren. Als ich so im Bus sitze, vermisse ich bereits mein schönes, wenn auch altes Auto. Die vielen Menschen, der Krach, es ist für mich ungewohnt. Aus Langeweile schaue ich mir die Leute an, Dicke, Dünne, Junge, Alte. Einer von den gelangweilt herumstehenden Männer springt mir besonders ins Auge. Ich stelle mir vor, wie er wohl sein Geld verdient. Banker, nein, Verkäufer, auch nicht, vielleicht ist er … ich komme da auf die absonderlichsten Ideen. Ich stelle mir gerade vor, er fährt zum Casting für einen Pornofilm, vergesse meine Umgebung und gerate unversehens in einen meiner schönen Tagträume. Plötzlich bin ich auch im Studio und er kommt herein und sieht mir bei der Arbeit zu.

Ich stelle mir vor, wir drehen gerade einen Film, 4 Männer und eine Frau, die Frau bin natürlich ich. Ich versuche gerade mehrere Männer gleichzeitig glücklich zu machen. Dabei kniee ich über einem kräftigen, bulligen Kerl, der es mir recht ordentlich besorgt, gleichzeitig blase ich einem etwas schmächtigen Bürschlein seinen kleinen Hobel, dass er glaubt ihm würde gleich die Eichel wegfliegen und in jeder Hand noch einen weiteren Schwanz, so auf Vorrat. Meine Gedanken schweifen noch mehr ab, sollen alle gleichzeitig kommen, vielleicht ist das unklug oder doch lieber nacheinander, dann kann ich alle nacheinander ausprobieren, sooo..... viele Varianten. Als ich meinen Traummann sehe, will ich den auch noch, aber wohin mit seinem guten Stück. Etwa in meinen kleinen Po, da waren noch nicht so viele drin. Meist ergibt es sich halt nicht, weil die Männer doch viel zu große Angst haben, beim ersten Mal nach einem analen Verkehr zu fragen. Nun es ist ja auch so sehr schön. Nein nicht in meinen kleinen Hintern, dann spüre ich ihn nicht so gut. Sollte noch einer in meine kleine Muschi passen? Ich stelle mir gerade vor, wie sich sein hammerharter Schwanz zusätzlich zu meinem ersten Besucher hineindrängt. Ein Gefühl, als würde meine Muschi auf die sanfteste Art in Zeitlupe gesprengt. Zwei in der Möse und die anderen. (macht zusammen 5!!) Vielleicht sollte ich mich ihm doch lieber ganz allein zuwenden, um ihn richtig zu genießen. Ich beginne geil zu stöhnen.

Er lächelt mich an und fragt: „Ist alles in Ordnung?"

Der Mann, der meine Träume in Bewegung gebracht hat, steht vor mir, ich bekomme einen roten Kopf und stottere verlegen, „Ja, sicher."

„Darf ich mich zu ihnen setzen?"

Es ist mir furchtbar peinlich, das er meine Gedanken vielleicht erraten hat. Er spricht weiter mit einer sanften männlichen Stimme, ich spüre meine Muschi volllaufen. Wenn er auch nur ein wenig näher kommt muss er meine überlaufende Muschi riechen. Ich bin völlig außerstande ihn einfach wegzuschicken. Statt dessen bemerke ich, wie meine Hand sich auf seinen Oberschenkel legt. Ich bin kurz davor meine Beherrschung zu verlieren. Aber doch nicht hier in diesem vollbesetzten Bus von Pendlern. Wie kann ich es bloß anstellen, seinen Schwanz zu lecken, besser noch in in mir zu spüren. Der Bus hält, soll ich aussteigen und so tun, als ob ich aussteigen muss? Einige Leute drängen in den Bus, er ist noch voller als vorher.

Der Fremde bietet höflich einer älteren Frau seinen Sitzplatz an. Er meint, ihr Mann könne sich auch setzen. Ja wohin denn? Da begreife ich, er meint meinen Platz. Ich soll auch aufstehen. Er nimmt mich an der Hand und zieht mich in den hinteren Teil des Busses. Er dreht mich zu einer Haltestange und stellt sich hinter mich. Ich spüre, wie er sich an mich drückt. Früher hatte ich mir ausgedacht, was ich in einer solchen Situation machen würde, es wäre recht schmerzhaft für einen Grabscher ausgegangen. Statt dessen greife ich ohne mich umzu-drehen an meinem Hintern vorbei und spüre schon seine Männlichkeit an meiner Hand. Ich kann der Versuchung nicht widerstehen, ziehe seinen Reißverschluss herunter, er gibt meiner Hand nur soviel Platz, dass meine Hand sich bewegen kann, sein Jackett hängt über dem linken Arm, mit dem Rechten greift er unter meinem rechte Arm durch und gibt uns an der Stange Halt. Ich möchte mich lieber an seiner Stange festhalten. Ich greife also hinein und muss ein wenig wühlen, sein steifer Schwanz hat sich schon seinen Weg zu den seitlichen Taschen gebahnt. Ich will ihn heraus ziehen, da flüstert er mir ins Ohr: „Warte noch," seine linke Hand greift unter seinem Jackett an meinen Rock und zieht ihn unmerklich hoch. Ich habe das Gefühl, alle Leute schauen mir beim Striptease zu. Ich versuche möglichst aus dem Fenster zu schauen, um unbeteiligt zu wirken. Jetzt ist mein Rock so hoch, dass ich glaube unten rum schon völlig im Freien zu stehen. Er holt selber seinen üppigen Schwanz heraus. Ich greife nach seiner Eichel, sie ist schon ganz nass. Wie gerne würde sich jetzt meine Zunge kreisen lassen. Dann überlasse ich ihm das Feld. Ich spüre, wie er an meinen Backen vorbeigleitet. Soll ich ihn stoppen, soll ich laut schreien.

„Sie Wüstling!"
Ich kann nicht, kein Laut kommt über meine Lippen. Er schiebt geschickt mein Höschen zur Seite und überlässt nun seinem kleinen Freund die Suche. Ich spüre, wie er zwischen meinen Backen langsam nach vorne gleitet, unwillkürlich bücke ich mich ein wenig, soviel wie es in dieser Lage möglich ist. Er ist immer noch nicht an der gewünschten Stelle. Der Bus bremst etwas hart an der nächsten Haltestelle. Als der Bus zum Stehen kommt ist er drin. Jetzt könnte das Spiel beginnen, aber ich habe volles Verständnis, das er sich jetzt nicht bewegen kann. Da fährt der Bus wieder an. Ich habe Angst er könnte wieder herausgleiten. Er hält uns geschickt an der Stange fest, so dass sein Kolben ab sofort seine tolle Wirkung entfalten kann. Der eine oder andere klagt schon mal über den mangelnden Komfort einer Busfederung. Jetzt bringt allein der unterschiedliche Straßenbelag, einige Straßendrempel, die mich als Autofahrer schon mal aufregen, zu einer völlig neuen Einschätzung. Von mir aus könnte jede Straße voller Drempel sein. Ich genieße jede Regung des Busse. Meine Muschi als Straßentester. Über ein solch sensibles Messgerät verfügt keine Stadtverwaltung. Er hat einen solch wunderbaren Schwanz, das ich glaube, es würde sich lange bevor er abspritzt schon eine große Pfütze von meinem Mösensaft unter mir bilden. Ich verzichte aber lieber darauf, unter mir nachzuschauen. Statt dessen schaue ich aus dem Fenster, oh jeh, wir fahren gerade an meiner Straße vorbei. Eine Nachbarin schaut herüber, ich meine, sie hat mich erkannte. Nun Busfahren ist ja nicht strafbar, oder? Mein fremder Lover hat ein wunderbares Stehvermögen. Hoffentlich fährt der Bus nicht ins Depot, sondern noch eine Runde. Plötzlich

bemerkte ich, wie mein toller Hengst seine Arbeit beendet, er spritzt, das ich glaubte, er würde bis zur nächsten Haltestelle nicht mehr aufhören. Wo sollte ich diese Mengen an Sperma bloß lassen. Meine Muschi ist recht eng, gleich wird alles herauslaufen. Ich schiebe ihn sanft zurück und versuche mein Höschen wieder zu richten, damit nicht jeder sofort sehen kann, wie wir es getrieben haben. Er schiebt seinen Schwanz unter das Jackett und wir beide bleiben erst einmal so stehen, so könnte jeder darüber nachdenken, was als nächstes zu tun sei. Ich musste meinen Rock wieder runter bekommen und er seine Hose zu. Ich drehe mich zu ihm. Sein Jackett verdeckt alles. Ich greife unter das Jacket und verstaue sein bestes Stück, nicht ohne einmal eine Geschmacksprobe zu erzwingen. Ich stecke mir den Finger mit den Samenresten in den Mund, ohne ihn anzusehen, dann macht es Zipp und der Laden ist geschlossen. Danach schiebe ich mit mehreren Unterbrechungen den Rock wieder etwas tiefer, so das ich beim Aussteigen nicht weiter auffallen werde. An der nächsten Haltestelle steige ich alleine aus. Mein unbekannter Lover verfolgt mich mit seinen Blicken. Ich winke ihm kaum merklich zu. Sein Mund formt einen Kuss. Ich blicke mich um und erschrecke. Ich habe keine Ahnung wo ich bin. Es ist wohl besser, ein Taxi zu nehmen und nach Hause zu fahren. Wer weiß, auf wen ich bei der nächsten Busfahrt treffen werde. Als ich zu Hause unter der Dusche stehe, um mich wieder herzurichten, muss ich plötzlich lachen, mein Bild vom öffentlichen Personen Nahverkehr ist heute erheblich verändert worden. Vielleicht sollte man darüber nachdenken, Linien   für Liebeshungrige als Kreisverkehr einzurichten.

Der Bock

Manni meinte, wenn ich wolle, könne ich hier im Raum bleiben, er wolle nochmal schauen, ob sein Typ gefragt sei. Nun im halbdunkel zählte nur der Samenhobel beim Mann, den Rest schauten sich die Frauen erst gar nicht lange an. Ich ging mit, im Raum mit dem Doppelbett ging ´s gerade wieder voll zur Sache. Ein älterer Herr, rammelte was das Zeug hergab. Jede seiner zugegebenermaßen kraftvollen Stöße wurden von der Frau mit heftigem Stöhnen quittiert. Sie wurde, da sie auf dem Rücken lag, jedes mal wie ein Klappmesser zusammengefaltet. Es schien ihr sehr zu gefallen, jedenfalls krallte sie sich heftig im Hinterteil ihres Stechers fest, so dass der sich wieder kaum bewegen konnte. Endlich spritzte er ab. Die blonde ältere Frau begann sofort sein Glied hingebungsvoll sauber zu lecken. So mag ich es auch, aber hier mit wildfremden? Ich hatte noch meine Bedenken. Dann kam etwas, was ich so nicht erwartet hatte, der ältere Stecher setzte sich neben die Frau und strich ihr liebevoll durchs Haar. Erst ganz allmählich kam ich dahinter, dass sie zusammengehörten. Das wurde mir erst klar, nachdem Manni sich über sie hergemacht hatte und sie nach mehreren Begattungsansätzen hemmungslos leckte. Er kannte keine Grenzen, lag unter der nicht gerade zierlichen Frau mit großen Brüsten und während er die dicken Titten heftig knetete, dachte ich manchmal, er würde keine Luft mehr kriegen, so wie er in ihre Möse und ihr Arschloch kroch. Manni bekam zum Dank dafür einen geblasen, dass seine Eier nicht mehr wussten, wie sie für Nachschub mit weißer Soße sorgen sollten. Seine Hüfte hob und senkte sich, je nachdem, was sie gerade mit ihm anstellte. Er war voll in seinem Element. Ich kann nicht leugnen, dass mir meine Zuschauerrolle immer schwerer fiel. Ich ging also aus diesem von Samengeruch geschwängerten Raum in den Flur, der etwas kühler war. Dann kam ich an dem Raum mit dem Minisofa vorbei. Das Fernsehgerät lief, niemand im Raum. Sollte ich es wagen, das Geheimnis dieses Möbels zu erkunden. Ich blickte mich um, sah niemanden und kletterte hinauf. Im Knien drehte ich mich und fühlte mich wie eine Katze, die auf einem winzigen Sims Pirouetten dreht. Ich fand, so kam mein Hintern viel zu hoch, so dass bestimmt kein noch so großer Mann seinen Pimmel einführen könnte. Lecken vielleicht. Meine Muschi begann bei diesem Gedanken zu saften. Ich legte mich auf den Rücken und versuchte mir vorzustellen, was ich in dieser Position machen könnte. Meine Muschi lag jetzt genau in Höhe eines Lümmels. Ich zog mir einfach mein Höschen aus und ließ es fallen, dann begannen meine Finger meine plitschnasse Muschi zu streicheln. Ich schloss die Augen und stellte mir vor, wie einige nackte geile Männer mit ihren dicken Schwänzen um diesen Bock herumständen und mir beim masturbieren zusähen. Das machte mich noch geiler. Ich streichelte mit der linken Hand zunächst meine kleinen Brustwarzen dann griff meine linke Hand ins Lehre und stellte sich vor einen der umstehenden Männerschwänze zu greifen und kräftig anzuwichsen. Meine rechte Hand griff sich den imaginären rechten Schwanz, irgendwie hörte ich mich selber stöhnen. Plötzlich zuckte ich zusammen, irgendetwas hatte gerade meine harten Nippel berührt. Ich öffnete die Augen und erschrak. Um mich herum fünf Männer, ihre harten Prügel in der einen Hand, die freie Hand wusste noch nicht so

recht, ob sie mich streicheln durften. Ich wurde schlagartig so geil, dass ich nur noch schreien konnte:
„Jaaaa!"
Gleichzeitig griffen mehrere Hände nach allem was sie erreichen konnten. Einer machte sich bereits an meiner Muschi zu schaffen. Ich wusste nicht so recht wohin mit meinen Beinen, herunterhängen lassen war zu unbequem. Zwei der Männer lösten mein Problem, indem jeder ein Bein hochhielt, so konnte ich mich wunderbar entspannen und auf meine Hände konzentrieren. Da gab es viel zu tun, ich streckte meine Arme wie eben aus und hatte nun zwei prächtige stramme Kerle an der Hand. Ich griff unter die Eier und merkte, wie gut diese Massage ankam. Die Kerle streckten mir ihr liebstes Körperteil mit Inbrunst entgegen. Einer an meinem Kopf wurde sogar übermütig und wollte mir sein dickes Ding in den Mund schieben. Ich war zwar total geil, aber hier sollte vielleicht doch lieber ein Gummi her. Ich sagte, als würde ich nie etwas anderes sagen „Zieh was drüber!" Ohne jede Antwort ging dieser Mordskerl an´s nächste Körbchen und holte sich einen Gummi, zog ihn vorbildlich über und schon war er wieder da. Ich hatte ja eben gesehen, wie man einen Schwanz mit Gummi lutscht, aber für mich ist das nichts, ich bevorzuge Natur, schon alleine wegen der Säfte, die mir sonst entgehen. Ich versuchte den Geschmack von Gummi zu vergessen und konzentrierte mich ganz auf seine Eichelform und versuchte herauszufinden, ob er kräftig geädert ist. Ein toller Schwanz, bis auf den faden Geschmack. Sei´s drum. Während ich mit meinen Händen die Schwänze in Hochform brachte kam der erste dieser recht kräftigen Männer endlich auf die Idee mir endlich einen reinzustecken. Seine Schwanzspitze drängte sich

ganz zaghaft zwischen meine Lippen, er feuchtete mehrmals den Gummi an, weil er Angst hatte, er könnte nicht hineingleiten. Zudem konnte er sich scheinbar nicht vorstellen, dass eine so zierliche Frau wie ich auch dicke Kaliber ganz gut wegsteckt, wenn man meiner Muschi Gelegenheit gibt, den Kameraden angemessen aufzunehmen. Herrlich, wie er endlich verstanden hatte, dass ich eine Frau wie die anderen war, nur eben zierlich und im Augenblick total schwanzgeil. Als mein Stecher seinen letzten Saft verschossen hatte, von dem ich leider nichts spürte, bemühte sich der nächste, er steckte ihn aber nicht direkt rein, der wollte erst mal ein Näschen voll nehmen. Er steckte seine Zunge nicht nur in meine Muschi, sondern auch noch in mein kleines Arschlöchlein. Wunderbar, ich hatte das Gefühl beim Vögeln zu fliegen. Vielleicht trugen meine ausgebreiteten Arme noch dazu bei. Ich war fast enttäuscht, als er seine gekonnten Leckereien beendete, um doch zu seinem wohlverdienten Abschuss zu kommen. Ich gab ihm das Gefühl, er sei der Größte. Er legte sich mächtig ins Zeug, sein Schweiß tropfte aus allen Poren, er glänzte am ganzen Körper. Sollte ich wieder um das köstliche Sperma gebracht werden? Ich bat ihn einfach frech mir auf den Bauch und meine kleinen Titten, die diese vielen Männerhände längst berührt hatten, zu spritzen. Er zog seinen Schwanz langsam heraus, ich dachte, ich würde explodieren und den Halt verlieren. Dann zog er den Präser runter und seine Hände gaben seinem Schwanz einen kraftvollen Abschluss. Selbst im Halbdunkel konnte ich erkennen, wie er all seine Kraft in diesen Abschuss legte, seine Hüfte kam weit nach vorne, er brachte seine blanke Eichel in Schussposition und beglückte mich mit einem Feuerwerk von Sperma, dass im

Halbdunkel weiß schimmerte. Fünf ausgewachsene Spritzer, von denen der weiteste an meinem Ohr vorbeiging tauchten mich in das von mir so geliebte Sperma. Ich verstrich es über meinen Brüsten und meinem kleinen Bauch und konnte nicht widerstehen, meine Finger einfach abzulecken. Für die Umstehenden muss das der letzte Beweis meiner völligen Hingabebereitschaft gewesen sein, denn jetzt drängten die Schwänze aus meiner Hand es ihm nachzumachen. Ich ließ einen nach dem anderen passieren und genoss jeden Schwanz aufs neue. Als der letzte gerade abspritzte, kam Manni und sagte nur, „Ich hatte mir schon Sorgen gemacht und dich überall gesucht."

Ich murmelte nur „Keine Bange mir geht es gut, sogar sehr gut."

Eine liebevolle Hand brachte mir etwas Kleenex, um die überschüssigen Säfte von meinem Körper zu wichen. Ich hätte sie alle umarmen können, diese geilen Böcke.

Manni hatte sein Pulver schon verschossen. Er sagte nur, „Wenn ich dass gewusst hätte, hätte ich mich etwas zurückgehalten."

Tja, so ist das halt, wenn Manni nicht warten kann.

Ich ging in die Dusche und versuchte wieder zu mir zu kommen, es war einer der befriedigendsten Abende meines Sexlebens. Keine Verpflichtungen, grenzenlose Geilheit und jederzeit das Heft fest in der Hand. Manchmal waren Miras Einfälle gar nicht so schlecht.

Die Schule des Volkes

Babette hatte mich auf den Geschmack gebracht. Ich meine, französisch zu lernen. Ich meldete mich zu einem Intensiv-Kurs an, der vormittags lief, zweimal je Woche. Ich hatte mir einen Französischlehrer herausgesucht, der viele Jahre in Frankreich gelebt hatte. Ich wollte ja nicht in Frankreich studieren, sondern möglichst nahe an die Menschen heran, dazu braucht man nun mal die Sprache, mindestens zu Beginn. Der Kurs bestand überwiegend aus Frauen verschiedenen Alters. Einige machten den Kurs, um ihren Kindern bei den Hausaufgaben helfen zu könne. Daran hatte ich bisher überhaupt noch nicht gedacht. Rabenmutter. Mein Interesse galt dem zwischenmenschlichen Alltag. Die Stunden vergingen wie im Flug, dennoch hatte ich nicht das Gefühl wirklich voran zu kommen. Vielleicht erwartete ich auch nur zu viel. Die Mütter wollten alles ganz genau wissen, sie fragten unentwegt nach irgendwelchen grammatikalischen Vorschriften, warum sollte ich mir neue Fesseln anlegen ....

Ich führte von vornherein zwei getrennte Vokabel Hefte. Alles was mir für den persönlichen Kontakt wichtig erschien, notierte ich in einem kleinen Heftchen. Die übrigen in einem etwas größeren Format. Bei Themen, *wie kaufe ich auf dem Markt ein*, war nicht viel zu holen, aber selbst bei Themen wie: Ich besuche eine französische Familie, blieben die meisten Begriffe im Dunkel nachschlagen in einem Wörterbuch hatte wirklich nichts mit dem zu tun, was mich interessierte. Die literarische Sprache glänzte eben, wie fast immer in der Schule durch eine gewisse Sterilität. Nun der Französischlehrer, Monsieur Paul war sehr nett, er erzählte, wie er seine Frau während seines Studiums in Paris kennengelernt hatte. Aber all das gab mir nicht das Recht ihn einfach nach den intimsten Worten im Französischen zu fragen. Es hätte ihn sicher auf eindeutige Gedanken gebracht, ihn gleichzeitig vielleicht auch wieder abgeschreckt. Männer reagieren sehr oft mit Ablehnung, wenn die Initiative nicht von ihnen selber ausgeht. Es geht ihnen dann zu schnell, sie haben dann das Gefühl die Kontrolle über ihr Handeln zu verlieren. Eigentlich wollte ich ja gar nichts von ihm. Was sollte ich tun um in einigen Monaten mehr zu wissen? Plötzlich hatte ich eine Idee. Mein Mann verfügte über eine kleine Pornosammlung, die er vor mir verheimlichte. Wir hatten nie darüber gesprochen. Ich fand es völlig in Ordnung, wenn er ein paar kleine Geheimnisse hatte. Die Videos schienen mir zu schwer für den Anfang, ich hatte bisher auch nur eines in französischer Sprache gefunden. Da waren noch die Hefte. Neben den Bilder, die an und für sich gar keines Textes bedurften, stand die Erklärung für ... in drei oder vier verschiedenen Sprachen, englisch, französisch, spanisch und manchmal auch in holländisch. Für mich ein Bezugstext in deutscher Sprache. Ich beschloss mir einerseits Worte und anderseits Redewendungen in zwei Spalten herauszuschreiben. Ich wollte Babette mit einige Begriffen und Sprüchen überraschen. Dann hätte sie wieder einen Grund zu kichern.

Ganz allmählich füllte sich mein Wörterbuch, ich fand den Begriff gar nicht passend, er war ohne jede Erotik. Ich nannte es schlicht meine Schatulle, weil ich eher an ein Schatzkästchen dabei dachte. Da ich immer mit einer unterschwelligen Lust an die Sprache heranging, machte ich erstaunliche Fortschritte. Wenn man Arbeit mit Freude oder besser noch Lust mischen kann, empfindet man sie gar nicht mehr als Last. So geht es mir übrigens beim niederschreiben dieser Zeilen ständig. Irgendwie macht es Freude, schöne Augenblicke Revue passieren zu lassen und andere daran teilhaben zu lassen.

Meine Schatulle (kleiner Ausriß brush script MT)

wollen sie mit mir	voulez vous couchez
schlafen	avec moi
Schwanz	coc
heiß	chaud
hübsch	jolie
sexy	vicieuse
küssen	baisser
umarmen	embrasse
Möse	craquette
geil	enflamme
Leidenschaft	passion
Hintern /Backen?	fesses
Arschfick	la sodomie
schwieriger Augenblick	moment difficile
göttlich	divin
Orgasmus	orgasme
tittengeil	mammariste
Rettungsmuschi, Ersatzmuschi	vagin ensecure
spritz auf sie	jutons sur elle

empfindlich	hypersensible
stärker	plus fort
Hinter	anus
Doppelfick /Sandwich	enconculage
spritzen	spermater
Mund /Schnautze	geuel
Möpse	nichons
großer Schwanz	grosse queue
Schenkel	cuisse
Hammer	manche
Sack	colville
Grösse	taille
Schwanz	queue
Geilheit	salacite
nackt	nue
Saft	jus
Pflaume	cuisse
harte Schwanz	une bite raide
Monsterschwanz	une bite monstrueuse
strulen, pinkeln	pisser
lesbisch	lesbien
Klitoris hart	clito dresse
Muschi weich	chatte douce
streicheln	caresser
Hinter	les fesses
Hobbynutte	pute amateur
Pornofilm	porno
Arsch	cul

Mund	la bouche
Fotze	le con
verführen	seduire
süßer versauter Fick	une baise douse et pourrie
Lippen	levres
pralle Titten	nichons fermes
feuchte massage	massag lubrique
Clitoris lecken	lecher la clitoris
Fotze	touffe
feucht	humide
Mösensaft	le jus de ma moule
stoßen	pousser
Gehirn rausficken	baiser comme fou
Auslöser	detonateur
geil auf	etre curieuse de
Ladung	charge
warme Ficksoße	le jus chaud
Körper	corps
weißer Saft	jus blanc
Mädchen	fille
Dildo groß	godemiches grand
Liebessaft läuft aus der Fickdose	le jus dámour coule de ma chatte
eindringen	penetrer
Schenkel spreizen	ecarter les cuisses
Saft	foutre
Zunge	la langue
Hexe	sorciere

Brustwarze

Der Intensiv-Kurs Teil-1 näherte sich dem Ende, der Besuch bei Babette rückte immer näher. Ich wurde immer unruhiger. Wie sollte ich meinen Lehrer dazu bringen, einen Blick in meine Schatulle zu tun und mir mindestens die gröbsten Fehler zu korrigieren und mit mir die Aussprache zu üben. Mira brachte mich auf eine List. Ich ging an einem der letzten Abende nach dem Unterricht zu ihm und bat ihn um Hilfe in einer delikaten Angelegenheit. Die anderen Kursteilnehmer waren schon gegangen. Ich erzählte ihm eine kleine Geschichte. Meine Freundin habe einen tollen Franzosen kennengelernt. Sie habe die Absicht zu ihm zu ziehen, damit sie nicht im verkehrten Augenblick „oui" sagte, habe sie aus einer Spezialliteratur sich einige Begriffe für den Umgang mit dem anderen Geschlecht zusammen geschrieben. Ich solle ihn fragen, ob er so nett wäre, mir die Aussprache zu erklären, da ich ja in seinem Kurs wäre.

Er guckte mich von oben bis unten an, dachte kurz nach und sagte etwas zögerlich zu. Ich hatte den Eindruck er wollte jede Anmache in seinem Kurs vermeiden. Ich holte das Heftchen heraus, glücklicherweise hatte ich keinen Namen drauf geschrieben. Das wäre zu gefährlich. Er schaute auf die erste Seite, die zweite, blätterte weiter, ich hatte den Eindruck er hätte sich am liebsten unsichtbar gemacht.

Nun, mir entkommt man nicht so leicht.

Ich fragte, „Können sie meine Schrift lesen?"

Er nickte etwas hilflos. Dann schaute er sich um, ob wir allein waren.

Dann sagte er „So was habe ich noch nie gesehen."

Ich fragte hartnäckig, „Kennen sie die Worte?" Er nickte stumm, für ihn war es nahezu unmöglich Worte, die er mit Schweinerei in Verbindung brachte, einer Frau offen zu sagen. Ich musste ihn vor dem Kollaps bewahren. Ich fragte mit meiner harmlosesten Mine.

„Sollen wir es hier besprechen?"

Er schüttelte den Kopf.

Sein Widerstand war nahezu gebrochen.

„Sie sollen mir doch nur die Aussprache erklären."

Viel mehr hatte er sich auch nicht gedacht. Er wirkte alt und gebeugt. Ich würde ihn schon wieder aufrichten.

Er sagte, „Kommen sie, wir setzen uns ins Auto."

Wir gingen zum Parkplatz. Er hatte einen Campingbus, für Lehrer nichts Ungewöhnliches. Wir setzten uns an den Tisch. Noch bevor wir mit unserer Arbeit angefangen hatten, feixten einige durch die Fenster. Er meinte, „Wir fahren ein Stückchen, wo es ruhiger ist." Ich nickte. Dann parkten wir auf einem großen Platz. Ich wusste nicht genau wo wir waren. Er schien sich gut auszukennen. Der Parkplatz war leer. Nun konnten wir beginnen. Er fragte, ob er mir etwas anbieten könne. Ich denke, er brauchte es mehr als ich. Seine Stimme klang etwas rau. Ich bemühte mich möglichst seriöse Fragen zu stellen, um ihn wieder etwas zu entspannen. Wir begannen mit der Aussprache. Er sprach die Worte vor, ich sprach sie ihm möglichst normal nach. Ich merkte wie ihn die Worte aufwühlten. Bei vielen Worten hatte er so wie ich bestimmte Erinnerungen. Die französischen Worte schienen ihn noch mehr aufzugeilen als die deutschen. Irgendwie wurde er lockerer. Seine Wangen glühten bei bestimmten Worten richtig auf. Vom vielen Sprechen waren die Fenster ringsum schon beschlagen. Mich hatten die Worte und sie von einem von mir als sehr sympathisch geschätzten Mann gesprochen, auch nicht kalt gelassen, bei vielen Worten sah ich die Szenen in den Heften direkt vor Augen. Meine Muschi war ohnehin schon nass. Am liebsten hätte ich sie ein wenig gestreichelt. Ich versuchte Haltung zu bewahren. Babette hätte sicher schon längst an ihrer Muschi gespielt. Wir hatten mehr als die Hälfte meines Schatzkästchens durchgearbeitet, da kam der Begriff ....., er war am Ende. Seine Hose auch. Von mir nicht ganz unbemerkt, hatte sich sein Schwanz zu Wort gemeldet. Er hatte ja nicht unrecht, die meisten Begriffen betrafen ihn ja auch.

Ich fragte, „Sollen wir eine Pause machen?"

dabei setzte ich mein schönstes Lächeln auf.

Er sagte, „Warum quälen sie mich so?"

Zur Beruhigung legte ich meine linke Hand auf seinen Hosenschlitz. Er hatte ein tolles Glied. Selbst durch die Hose konnte ich seine Männlichkeit spüren.

Ich sagte, „Ein Wort haben wir noch gar nicht gehabt, wie heißt das Wort für Eier?"

Er antwortete heiser „les oeufs," Während er nicht mehr ein noch aus wusste, öffnete ich sein kleines Gefängnis. Ein wunderschön geädterter Penis, schon voll im Saft stehend schaute mich an. Ich streichelte einmal zart über seine Nülle, dabei sprang schon die Vorhaut zurück. Eine prächtige glänzende Eichel lag zwischen meinen Fingern. Ich rutschte vom Hocker auf meine Knie und nahm ohne lange zu fragen seine Eichel in den Mund. Jetzt musste ich aufpassen, sonst wäre mein und sein Vergnügen schon zu Ende. Ich versuchte also nur sehr wenige und sehr zarte Bewegungen zu machen. Sein Zustand schien sich zu stabilisieren, jedenfalls streichelte er mir durch die Haare.

Von nun an sprach er alles nur noch französisch aus. Ganze Sätze, ich verstand sogar, was er meinte. Ich merkte wie so oft schon, dass der Augenblick ohne Umkehr kam. Sollte ich mich noch schnell auf ihn setzen, um alles mitzubekommen oder sollte ich ihn bis zum Schluss im Mund behalten? Wenn ich mich jetzt auf ihn setzen würde hätte er bestimmt das Gefühl, ich hätte ihn verführen wollen. Während nur seinen Schwanz zu blasen, dass ihm Hören und Sprechen verging, schien mir als spontane erste Aktion vertretbar. Also umrundete ich langsam seine Eichel, strich mit der Zunge über die Oberseite, dass macht die Kerle rasend, ohne das sie gleich spritzen. Er öffnete seine Hose, damit ich besser an *les oeufs* kam. Während ich seine Eier abwechselnd in den Mund saugte, hielt ich seine triefende blanke Eichel zwischen Zeigefinger und Mittelfinger, so konnte ich bequem über alle seine zum Bersten gefüllten Adern streicheln. Ich hätte ihn gerne bis zur Schwanzwurzel verschluckt, wie ich es in einem Magazin einmal gesehen hatte. Leider war mein Mund dafür nicht vorgesehen. Ich wäre wahrscheinlich eher erstickt. Ich ließ also seine Eichel immer wieder hinten in meinem Mund anstoßen, zog ihn heraus, um von allen Seiten mit spitzer Zunge zu lecken. Meine Zunge ist sehr zierlich, somit konnte ich immerhin in die Röhre auf seiner Eichel mit der Zunge ein bisschen eindringen. Er stöhnte immer mehr, sein Becken drängte sich mir entgegen. Irgendwann muss auch ein solch toller Schwanz aufgeben. Ich nahm sein Sperma in vollen Zügen, ich wollte es nicht direkt herunterschlucken, also ließ ich es mehrmals um seine zuckende Nülle kreisen. Der Geschmack von warmem frischen Sperma, verbunden mit dem typischen Schwanzgeruch macht mich immer total geil. Nach dem sechsten Schuss musste ich schlucken, ich hatte nicht geglaubt, dass es so viel werden würde. Er murmelte nur „Cherie" und seine Hand war nicht mehr in der Lage mich zu streicheln. Er war glücklich, ich auch. Ich hatte lange keinen Schwanz mehr so lange ab schlecken dürfen. Ich hielt sein zuckendes Glied noch eine Weile mit zwei Fingern, allmählich klebten sie zusammen, dass ist das einzige, was ich bei der Beschäftigung mit Schwänzen nicht mag. Er reichte mir ein Papiertuch und küsste mich fest auf den Mund, seine Zunge versuchte mehr zu erforschen. Nun, er würde mehr als mich schmecken. Ich sagte, er könne sich ruhig etwas ausruhen. Er nickte und legte sich kurz auf die Sitzbank. Nach einer kurzen Verschnaufpause, sagte er

„Sie können mich in Zukunft alles fragen."

„Sollen wir weitermachen?"

Ich hatte mittlerweile fast vergessen, warum ich hier war. Wir tranken erst noch einen Schluck Rosé, dann setzten wir unsere Arbeit noch bis zum Ende fort. Er war jetzt viel lockerer. Ich schlug ihm vor, vor jedem Kursbeginn für sein leibliches Wohl zu sorgen. Er lachte und meinte, es wäre ganz toll gewesen. Wenn ich von meiner Freundin aus Frankreich zurück sei, solle ich ihm ausführlich berichten.

Dann fuhren wir zurück, mein Auto stand ja noch auf dem Hof der VHS.

Frankreich, Frankreich

Endlich war es soweit, mein Kursus war beendet, der Platz im Zug war reserviert. Meine Familie brachte mich zum Bahnhof, irgendwie hatte ich ein schlechtes Gewissen. Warum, ich wollte doch nur … Der Zug fuhr an, mein Mann winkte ein letztes Mal. Nun hatte ich Stunden Zeit bis zur Ankunft. Ich wollte lesen, etwas essen und selbstverständlich meine kleine Schatulle nochmal durchgehen. Mittlerweile konnte ich, so glaubte ich, mir sogar in Lokal in der Landessprache etwas bestellen. Ich hatte mir einen Reiseführer von Paris eingepackt, obwohl Babette doch nur in der Nähe von Paris wohnte. Ich hatte keine klare Vorstellung, wie weit entfernt. Nun mir war's egal. Ich wollte mit Babette Land und Leute kennen lernen, an nur vier Tagen. Start am Freitag, Rückkehr am Dienstag. So konnte ich Samstag und Montag mit Babette Shoppen gehen. An den anderen Tagen würden Babette und Pierre sich sicherlich etwas einfallen lassen. Die Zeit im Zug verging wie im Flug. Je näher ich meinem Ziel kam, umso ruhiger wurde ich. Irgendwie hatte ich einerseits eine innere Anspannung, gleichzeitig fand ich die Vorstellung ganz toll, kein Programm zu haben. Ich nahm mir vor, mich an Babettes Seite treiben zu lassen. Das Kreischen der Bremsen hörte ich schon gar nicht mehr, als der Zug endgültig zum Stehen kam. Babette stand am Bahnsteig. Ich schaute mich um, Paris musste sehr weit sein, ein Wunder, dass der Schnellzug hier hielt.
In der Nähe von Babettes Wohnort in Fresnoy la Rieviere am Fluss der Automne. ca.60 km bis Paris.
Ein dörflich wirkender Bahnhof, eine Ruhe, die nach der langen Reise auffallend war. Wir fuhren mit Babettes

Auto, einem alten Peugeot Cabrio zu ihrem Haus. Ich hatte mir alles irgendwie luxuriöser vorgestellt. Babette hatte den Tisch auf der Terrasse gedeckt. Sie hatte Kaffee und eine kleine Zwischenmahlzeit vorbereitet.

Nach der ersten Stärkung führte mich Babette durchs Haus. Es war ein altes Bauernhaus, dass Pierre und sie seit zehn Jahren herrichteten. Ich fand es irgendwie gemütlich, obwohl es verglichen mit unserem eigenen Haus riesig war. Babette hatte alle Räume sehr liebevoll dekoriert. Jeder Raum eine andere Atmosphäre. Mein Zimmer lag im ersten Stock, mit einem herrlichen Blick über eine leicht hügelige Landschaft. Von Industrie war weit und breit nichts zu sehen. Alles wirkte noch sehr dörflich. Babette meinte, wir würden erst spät für deutsche Verhältnisse essen; so gegen 21:00 Uhr. Pierre würde dann zurück kommen. Ich könne mich gerne etwas ausruhen und später „frisch machen." Jetzt musste ich lachen, denn offensichtlich vermied sie jetzt das Wort „fertig machen." Wir lachten zusammen. Ich freute mich auf die nächsten Tage mit ihr. Nach dem Auspacken legte ich mich aufs Bett und beim Vogelgezwitscher von draußen schlief ich ein. Einige Zeit später wachte ich auf, ich wusste im ersten Augenblick nicht, wo ich war. Babette saß neben mir am Bett, Ihr Kopf entfernte sich gerade von mir. Mir war, als hätte ich einen Kuss gespürt oder war es Wirklichkeit. Sie meinte, es sei Zeit aufzustehen, ich hätte 2 Stunden fest geschlafen. Sie habe mir ein Bad eingelassen. Eine ganz alte, für mich riesige Badewanne war mit einem wohl riechenden Schaum gefüllt. Zusätzlich zum normalen Licht hatte Babette zwei große Kerzen vor einen Spiegel angezündet. Ein einfaches Radio auf einem Stuhl spielte französische Chansons. Ich stieg in die Wanne. Einfach toll, ich fühlte mich sehr wohl. Babette kam und fragte, ob sie mir helfen solle. Ich schmunzelte, sie hatte sich alles gemerkt! Dann löschte sie das elektrische Licht. Es wurde nicht wirklich dunkel, die Abendsonne schien durchs Fenster, dazu der flackernde Schein der Kerzen. Ich hatte nicht geglaubt, dass ich bereits nach wenigen Stunden ein so entspanntes, glückliches Gefühl haben würde, war das Frankreich? Wenn nicht, dann war es eben Babettes tolle Lebensart. Ich war dankbar, dass sie mich daran teilhaben ließ. Babette kam nach einer Weile herein und setzte sich auf den Rand der Wanne. Ihre Haare wirkten noch verspielter im Schein der Abendsonne. Sie trug Slip und ein Bustier. Ihr kleiner Bauch blieb frei. Sie griff zu einem großen Schwamm und begann ohne mich zu fragen meine Beine abzuseifen. Dann seifte sie meinen Bauch mit langsamen kreisenden Bewegungen. Als warmes Wasser über meinen kleinen Busen ran, wollte ich nur eins, dass sie auf keinen Fall aufhörte. Babette spürte sofort, dass sie gewonnen hatte, ich konnte ihrer Zärtlichkeit nicht widerstehen. Trotz der Wärme standen meine Nippel stramm. Sie streckten sich ihr entgegen.

La primiere nuit

Dann saßen wir bei Abendessen, Babette hatte keine weiteren Gäste eingeladen. Pierre war charmant wie immer, aber kein bisschen aufdringlich. Ich versuchte möglichst viel französisch zu sprechen, manchmal gelang es auch. Die beiden lachten oft, wohl weil ich unfreiwillig komisch war. Wir aßen und tranken, die Zeit verging sehr schnell. Es wurde 23.00h ehe wir uns versahen. Da meinte

Babette, nach einem gute Nachtschluck könnten wir zu Bett gehen. Ich war nicht sicher, ob damit der Tag wirklich zu Ende war. Nun, ich half Babette noch ein wenig beim Aufräumen. Pierre trank gemütlich einen letzten Cognac.

Als ich nach oben gehen wollte, nahm mich Babette bei der Hand und sagte:

„Pierre wird heute deine Nacht begleiten."

Ich wusste nicht was genau sie damit meinte. Dann flüsterte sie mir noch ein paar Tipps zu, damit ich mich nicht wundern würde. Sollte ich jetzt beruhigt oder eher aufgeregt sein. Irgendwie konnte ich mich nicht aufraffen eine der beiden Richtungen einzuschlagen. War ich schon so müde? Genau genommen hatte ich heute gar nicht viel gemacht. Babette gab mit einen Kuss und wünschte eine gute Nacht.

Ich ging nach oben, zog mich aus. Ging ins Bad um mich .... . Ich zog nur mein Nachthemd an und stieg ins Bett, ein großes französisches Bett, ohne Unterteilung in der Mitte. Ich wollte gerade das Licht löschen, da kam Pierre. Er klopfte, kam herein. Er war völlig nackt. Nun hatte ich mehr Gelegenheit, als damals zu Hause, ihn zu betrachten. Er stellte sich vor mein Bett und wartete. Er war schlank, kein Waschbrettbauch, einfach nur gut gewachsen, alles am richtigen Fleck. Er sagte ganz leise,

„Ich möchte Dir heute Nacht Gesellschaft leisten."

Ich wusste nicht, worüber ich mehr erstaunt war, dass er diesen Satz in Deutsch aussprach, oder das Babettes Worte sich nun erfüllen sollten. Ich hatte volles Vertrauen zu Babette. Ich nickte nur. Er hob die Decke und rutschte hinter mich.

„Bon nuit!" sagte er und küsste mich auf den Mund. Für mich war die Situation zwar nicht unbekannt, dennoch wusste ich nicht wie es weitergehen sollte. An einem anderen Abend wäre ich sogar begeistert gewesen. In der ersten Nacht einen gut gebauten Franzosen im Bett, dennoch war ich schläfrig. Ich drehte ihm den Rücken zu. Ohne jede Grobheit legte er seinen Arm um mich. Ich fühlte mich sofort geborgen. Wenn ich nichts wollte, würde heute nichts geschehen. Dies war einer der Hinweise von Babette. Ich wollte einschlafen, irgendwie hatten mich die vielen Eindrücke des ersten Tages sehr beeindruckt. Mir fiel ein, es war noch nicht einmal ein halber gewesen, Babette schien alles mit mir teilen zu wollen. Nun lag sie allein in ihrem Bett und hatte Pierre an mich abgetreten. Ich war in Deutschland noch nie auf den Gedanken gekommen, einer anderen Frau, selbst meiner besten Freundin Mira nicht, meinen Mann anzubieten. Pierres Körpernähe empfand ich als sehr wohltuend. Nach einer Weile merkte ich wie seine rechte Hand meinen Po streichelte und langsam aber sicher ein Ziel suchte. Babette hatte mir von seiner Marotte erzählt, beim Einschlafen einen Finger in ihrer Muschi zu parken, wie Kinder einen Daumen in den Mund nehmen.

Nun heute war es meine Muschi.

Sein Finger bahnte sich ganz zart seinen Weg. Sie war noch immer feucht. Er schien dies zu spüren und ging etwas weiter, als es für seine Fingerübung nötig war. Nun, wer könnte es ihm verdenken. Ich war immer noch abgeneigt, mich heute auf etwas einzulassen. Sein Finger hatte die Mitte meiner Schamlippen verlassen und steuerte höher, das sollte er besser nicht tun. Sobald er auch nur mit den Fingerspitzen meinen Kitzler leicht berührte, merkte ich wie die Wärme in mir aufstieg, wie heute im Bade. Meine Muschi meldete sich sofort zu Wort, diese

Gelegenheit nicht auch wieder verstreichen zu lassen. Ich genoss jede seiner zarten Bewegungen mit den Fingerspitzen. Hinter mir tauchte plötzlich ein weiterer Finger auf. Ich machte eine verräterische Bewegung und drückte meinen Po gegen sein Glied. Jetzt wusste er, ich wollte nicht nur schlafen. Statt seinen Schwanz nun direkt einzuführen, ließ Pierre sich Zeit. Es streichelte meine Brüste, während sein Schwanz immer mehr Hautkontakt mit meinen kleinen Backen aufnahm. Er schob sein mittlerweile saftiges Stück Männlichkeit zwischen meine Backen und ich spürte, wie es bis zu meiner Schambehaarung vorstieß. Meine Lippen wurden aufs angenehmste massiert. Er schaffte es ohne seine Hände erneut zu benutzen, seine Eichel durch meine Lippen gleiten zu lassen. Ich konnte es kaum erwarten, seinen Schwanz, ich hatte ihn ja bisher nur flüchtig gesehen, als er Marthas Mund verließ, in mir zu spüren. Es sollte nun ganz gemütlich zugehen, keine wilde Rammelei. Er schien meine Gedanken zu lesen. Jedenfalls kann ich mich kaum erinnern, dass ein Mann so extrem langsam sein bestes Stück in Stellung bringt. Allmählich wurde ich ungeduldig, würde er für den ersten Stoß in Zeitlupe die ganze Nacht brauchen? Als sein Schwanz die Hälfte des Weges zurückgelegt hatte, drückte er immer fester. Ich weiß, dass Männer genau wie ich, die erste Dehnübung besonders genießen. Dummköpfe, die nur darauf warten abzuspritzen. Pierre war kein Dummkopf, seine Eichel hatte eine wunderbare Größe, ich genoss jeden Stoß. Er wurde allmählich heftiger, dann verlangsamte er wieder. Eine begnadete Technik. Vielleicht wollte er auch nur seine eigene Ejakulation hinauszögern. Selbst Männer mit gutem Stehvermögen sind bei einer neuen Partnerin erstaunlich schnell fertig. Ich wollte nicht, das er alles in mich hineinschießt, hinterher müsste ich wieder aufstehen, um nicht in einer Pfütze zu liegen. Ich löste mich aus seiner zarten Umarmung und schlug die Decke zurück.

Da stand er.

Seine Vorhaut war zurückgeschoben, alles glänzte wunderbar. Ich näherte mich, um die von mir so geschätzten Äderungen genauer unter die Lupe zu nehmen. Als Lupe benutzte ich meine Zunge, die selbst kleinste Unebenheiten erfassen kann. Ich leckte seinen Schwanz mehrere male von unten bis oben. Unsere Säfte hatte sich zu einem tollen Cocktail vermischt. Er lag da und rührte sich nicht. Ich spürte nur Leben in seinem pochenden Schwanz. Er stand wie eine EINS. Bald hatte ich alles erkundet bis auf seine Eier. Als ich die Zunge in Richtung auf sein Löchlein zu bewegte, fand er seine Sprache wieder. Er sagte einige Worte, die mir aus meiner Schatulle bekannt waren. Seine Eier lagen gut in der Hand. Ein- zweimal wandte ich meine oft praktizierte Ploppübung an und er verlor die Fähigkeit französisch zu sprechen. Im Augenblick höchster Lust spielt die Nationalität eben keine Rolle. Er setzte zum Spritzen an. Ich stülpte schnell meinen Mund über seine zum Bersten gespannte Eichel und ließ es laufen. Er hatte sich scheinbar schon länger auf mich gefreut. Er zuckte und bebte, dass es eine Freude war. Irgendwann versiegte sein Samenfluss. Ich war reich bedacht worden. Er lag wie im Schlaf da. Nun löschte ich das Licht und kuschelte mich an ihn.

Am nächsten Morgen wurde ich von Babette mit einem Kuss geweckt. Danach gab sie Pierre einen Kuss und legte sich einfach neben mich auf die andere Seite. Unschuldig

fragte sie „Habt ihr gut geschlafen?"
Ich musste lachen, Pierre nahm es mir kein bisschen übel.
Er kannte Babette sehr genau. Dann mussten wir alle drei
lachen. Ich konnte mir nicht vorstellen, dass sich diese
Szene so bei uns zu Hause abspielen könnte. Zu viele
Ängste, Hemmungen, Konventionen, vielleicht auch
mangelnde Fantasie?

Samstag

Am Samstagmorgen frühstückten Pierre und Babette mit
mir auf der Terrasse. Das Wetter war so schön, dass wir
beschlossen nach Paris zum Einkaufen zu fahren. Babette
und ich machten uns mit ihrem Wagen auf den Weg zum
nächsten Metro-Bahnhof. In Paris kann man mit dem
eigenen Auto nicht viel tun. Babette kannte sich sehr gut
aus. Wir schauten zunächst auf all die schönen und teuren
Dinge, die ein Normalsterblicher nicht kaufen kann. Mir
waren die meisten Namen aus Zeitschriften und dem
Fernsehen bekannt. Aber Schmuck für einige hundert-
tausend Euro, nur als Halsschmuck, unvorstellbar ein
Einfamilienhaus am Hals zu tragen. Wir gingen nach dem
ersten Schock auf den Cha ? Elysee in einem Café einen
Café au lait trinken. Er schmeckte mir nicht besonders.
Aber ich wurde durch die vielen vorbei schlendernden
Menschen fasziniert. Eine Vielfalt in Kleidung und
Herkunft, die ich von zu Hause nicht kannte. Wir machten
über den einen oder anderen freche Bemerkungen und
hatten damit viel Spaß. Dann wurde es Zeit in eines der
großen Kaufhäuser zu gehen. Meine Erfahrungen mit
Häusern dieser Art waren begrenzt. Berlin, Hamburg und

Düsseldorf kannte ich ein wenig. Die Parfumerieabteilung so groß wie ein halbes Kaufhaus. Hier gab es die unterschiedlichsten Gerüche und viele Möglichkeiten selber etwas zu probieren. Babette fand sehr schnell einige Kosmetika, die gut zu mir passten. Wir amüsierten uns köstlich. Fast hätte ich vergessen meinem Mann ein Rasierwasser mitzubringen. Babette erinnerte noch rechtzeitig daran. Die übrigen Abteilungen gefielen mir nicht nur wegen der enormen Auswahl, sondern wegen der üppigen Dekoration, die in jeder Abteilung ein besonderes Flair verbreitete. Wir fuhren bereits am Nachmittag wieder zurück, da Babette noch einiges vorzubereiten hatte. Für den Abend hatte sie Freunde eingeladen zu einer kleinen Party, mir zur Ehren. Ich war auf ihre Freunde und Freundinnen sehr gespannt.

Der Samstag gehörte der Familie

Der Samstag gehörte der Familie, nach unserer ausgiebigen Samstagabendparty mit Pierre`s s und Babettes Freunden und Nachbarn, alle sehr nett und nicht zu aufdringlich, schliefen wir am Sonntag erst einmal lange aus. Babette räumte einige Dinge weg, ich half ihr dabei. Was sollten wir heute machen, meine Neugier war immer noch groß auf alles, was anders war. Also machten wir Pläne für Paris. Meine Pläne waren vielleicht übertrieben, ich wollte einfach alles sehen. Babette hatte mich jedoch schon etwas gelehrt. Schöne Dinge brauchen Zeit. Babette und Pierre lebten anders als mein Mann und ich, sie schienen immer Zeit zu haben, dennoch schafften sie alles was notwendig war. Ich wusste nur, vieles von dem, was ich in den letzten beiden Tagen erlebt hatte, wäre so in Deutschland nicht möglich. Dabei dachte ich nicht nur an meine vielen angenehmen körperlichen Wonnen. Einiges erledigte Babette im Vorbeigehen, was zu Hause sicherlich Stress verursacht hätte. Ich dachte an meine ersten Stunden mit den Franzosen zu Hause. Die Hölle. Das hatte sich gründlich geändert. Die Unzulänglichkeiten ihres alten Peugeots z.B. ließen sie völlig kalt. Sie kannte alle seine Macken, verspürte aber keinen Drang sie abzustellen. Ich dachte manchmal, das würde ich nicht mitmachen, da müsste mein Mann schon für Abhilfe sorgen. Vielleicht könnte ich ihm gegenüber auch mehr Gelassenheit zeigen, ohne dass die Welt gleich unterginge. Wir frühstückten also spät, Babette und ich, wie am Samstag morgen, heute natürlich mit Pierre. Wir verstanden uns prima. Babette machte mehrere Andeutungen, die auf meine erste Nacht mit Pierre anspielten. Ich hatte alle seine Zärtlichkeiten genossen, doch über sie beim Frühstück zu sprechen fiel mir schwer. Pierre bemerkte es und gab mir einen zarten Kuss auf den Mund. „Du bist einen tolle Frau." Babette meinte nur: „daas abe isch gleich gewusst." keine Eifersucht, nur Zärtlichkeit und Fürsorge. Manchmal dachte ich, hört das vielleicht auf, wenn ich aus meinem Traum erwache?

Sollte ich mich kneifen, es war nicht nötig, alle meinen Sinne waren hellwach. Ich glaubte sogar alles noch intensiver zu schmecken und zu riechen.
Eigentlich brauchte ich gar kein Programm. So nebenbei bemerkte Pierre, er habe seinen Eltern von mir erzählt und sie hätten uns für heute Abend zum Essen eingeladen. Pierres Eltern wohnten in Paris, soviel wusste ich schon. Babette meinte, vor dem Abendessen hätten wir noch ein wenig Zeit, um uns Paris anzusehen. Ich durfte wählen.

Die Geschäfte hatten wir gestern angesehen. Heute wollte ich alles von Paris sehen, was man als Tourist unbedingt gesehen haben muss. *Sacre Coeur* und sein Künstlerviertel, *Notre Dame* an der Seine, der Flohmarkt und mindestens ein Museum, z.B. den Louvre, ooh, den Eiffelturm hatte ich ganz vergessen. Babette lachte, typisch deutsch sagte sie, *„Du brauchst nicht alles auf einmal zu besichtigen, dann hast du noch einen Grund mich zu besuchen."* Ich musste ebenfalls lachen, da waren, wie bei einem Kind die Pferde durchgegangen. Wir verstanden uns großartig. Schön solche Freunde zu haben.. Wir begannen mit dem Eiffelturm, Babette hatte wieder die richtige Entscheidung getroffen, Paris zu meinen Füßen, atemberaubend. Ich konnte mich kaum losreißen. Pierre zeigte mir, wo seine Eltern wohnten, nur 2 Metro-Stationen entfernt. Danach Sacre Coeur im Schein der untergehenden Sonne. In der Abendsonne ein unvergesslicher Anblick. Wer konnte so etwas schönes bauen? Kirchen sind nicht unbedingt mein Hobby, aber diese hatte eine unwiderstehliche Anziehungskraft. Ihre Lage auf einem Hügel, die weichen Formen, der helle Stein, alles passte einfach perfekt. Mir fiel zum Vergleich nur ein indisches Grabmal ein, das ein Maharadscha für seine Lieblingsfrau errichten ließ. Ich hatte es im Fernsehen einmal gesehen. Vielleicht hatte der Bauherr auch eine erotische Beziehung darstellen wollen. Einfach einzigartig. Ein Blick auf die Uhr, Pierres Eltern erwarteten uns. Mit der Metro ein paar Stationen. Wir waren da. Sie wohnten im dritten Stock. Ein alter schmiedeeiserner Aufzug brachte uns mit Rumpeln und Quietschen hinauf. Pierre schob das Gitter auf und ich hatte plötzlich etwas Herzklopfen. Soviel hatte ich in Geschichte mitbekommen, dass die Deutschen sich in Paris nicht nur Freunde gemacht hatten, während des Krieges. Bei Babette und Pierre hatte ich nie daran gedacht, doch wie sah die ältere Generation mich, eine Deutsche? Alle Gedanken zu diesem belasteten Teil der Geschichte waren verschwunden, als Pierre`s Vater und seine Mutter *Marianne* mich in ihre Arme schlossen und mich wie eine Tochter begrüßten. Ich fühlte mich trotz meiner immer noch sehr begrenzten Sprachkenntnisse sehr wohl. Babette ließ Missverständnisse erst gar nicht aufkommen und half, wo sie konnte. Pierres Vater Marc, ein Franzose mit Schnurrbart, hatte sehr viel Humor. Wir lachten über Besonderheiten, die ihm auf seinen Reisen nach Deutschland passiert waren. Er sagte, Deutschland gefiele ihm sehr gut, nur das Kochen müssten wir noch lernen. Dann zeigte Marianne, was er damit meinte. Wir aßen ein Festmenü in sieben Gängen, für mich wäre dies in Deutschland zu dieser Uhrzeit unmöglich. *terrine de canard, salade composeé, soupe bouillon de pot au feu, gratin dauphinois, truite grenoblaise.* Die langen Pausen zwischen den Gängen wurden nicht als störend empfunden, sondern gehörten unbedingt dazu. Alle Portionen waren kleiner als gewohnt, jeder Gang ein neuer kulinarischer Höhepunkt für den Gaumen. Die Franzosen kennen ein für mich recht lustiges Wort für Vorspeise, *amuse la geule*, ein Gaumen-Kitzler, welch treffende Bezeichnung Lust zu wecken. Den Wein tranken wir mit Wasser, es ging nicht darum, betrunken zu werden, Wasser und Wein sollten optimal zum jeweiligen Gang passen. Franzosen können sich viel intensiver und engagierter über Wein statt über Politik oder Sport unterhalten. Ich war froh, dass ich nicht alleine Wasser trank, aber nur mit

Wein hätte ich sicher das Dessert, *chaux de la créme* doppelt gesehen. Den ersten Abschluss, *tarte aux pommes,* ließ ich aus, den endgültigen nahm ich gerne an, einen Cappuccino oder Kaffee, die Männer genossen einen feinen Cognac in einem riesigen Schwenker dazu. Puuh, wir hatte vier Stunden lang nur gegessen. Unvorstellbar. Marianne, schlank wie Babette, hatte so gar nichts von einer Kochmamsel. Ich fragte Babette, wie es an den anderen Tagen wäre. Sie meinte, normalerweise würden zwei Stunden reichen, eine Vorsuppe, *le repas,* der Haupt-gang und das Dessert benötigten halt solange. Sie konnte ebenfalls sehr gut kochen, hatte wie ich wusste, aber noch viele andere sinnliche Leidenschaften, für die sie sich gerne Zeit nahm. In diesem Punkt waren wir uns sehr ähnlich. Wenn ich an die Mahlzeiten in Deutschland dachte, schämte ich mich ein wenig. Nicht, dass es nicht genug zu essen gäbe, aber ein komplettes Menü, zwei Stunden lang gekocht, ist spätestens nach einer Stunde vertilgt, manchmal noch schneller. Ich nahm mir vor, ein wenig von dieser so wohltuend empfundenen Esskultur, in meinen Alltag zu übernehmen.

Die Schaukel

Ich erwachte, die Sonne schien mir ins Gesicht. Kein Geräusch, eine für mich ungewohnte Situation, wahr-scheinlich hatte mich die Stille geweckt. Ich ging nach unten, niemand zu sehen, nicht in der Küche, im Wohnzimmer, im Bad. Ich ging auf den Balkon, ein wunderschöner Tag. Ein leichter Wind umspielte mich. Ich fühlte mich großartig, schon drei Tage bei Babette, mir schien es drei Wochen zu sein. Ganz viel Ruhe und dennoch wunderschöne Erlebnisse. Meine Augen hatten sich mittlerweile an das helle Sonnenlicht gewöhnt, nun sah ich Babette. Sie saß auf einer Schaukel und ließ ihre Beine in gleichmäßigen Rhythmus fliegen. Ich hatte sie nicht direkt sehen, da sie im Schatten eines großen Baumes schaukelte, irgendwo war daran die Schaukel befestigt. Ich ging, wie ich war, zu ihr hinunter in den Garten. Sie strahlte als sie mich sah und schaukelte ruhig weiter. Es schien ihr Freude zu machen. Sie erkundigte sich, wie ich geschlafen hätte und ob ich auch mal schaukeln wollte. Warum nicht? Sie bremste mit den Füßen, stieg von der Schaukel.

Ich glaubte einfach nicht, was ich da sah.

Mitten auf dem Sitz der Schaukel war ein künstlicher Penis montiert. Er glänzte noch, hing leicht zur Seite. Damit wollte er wohl sagen, wie weich er wäre. Ich schaute Babette an, sie hatte scheinbar auf diesen Augenblick gewartet, um mich zu überraschen.

Die Überraschung war gelungen.

Sie sah mich erwartungsvoll und gespannt an. Dann fand ich meine Fassung wieder. Nicht dass mich ein strammer Pimmel aus der Fassung bringt, aber hier und so früh am Morgen, hätte ich ihn nicht erwartet. Ich sagte nur:

„Babette, du bist ein Luder!"

Sie lachte laut auf, ihre Überraschung war ein Volltreffer. Ich überlegte, wie ich auf dieses Teil aufsteigen sollte, zunächst störte mein Höschen, ich gab es Babette zur Aufbewahrung. Babette half mir beim ersten Mal. Sie drehte den Sitz so, dass der feste Dildo mit seiner Spitze etwas tiefer kam. Ich befeuchtete meinen Lippen mit den

Fingern etwas und Babette drückte sanft. Der dritte Anlauf war erfolgreich. Meine Muschi hatte noch keine Gelegenheit gehabt, Saft zu produzieren. Nun spürte ich, wie er in mir aufstieg und mich ausfüllte. Er war noch warm von Babette. Für mich ein Zeichen, dass wir wirklich alles teilten. Zunächst hatte ich Angst, mich auf dem Sitz ganz niederzulassen, doch wenn er in Babette passte, dann vielleicht auch bei mir. Babette meinte, ich sei sehr mutig, beim ersten Mal hätte sie länger gebraucht. Ich solle mich entspannen und ganz sanft auf ihm reiten. Allmählich fasste ich Vertrauen. Er fühlte sich toll an. Ganz langsam senkte ich meinen Po auf den Sitz.

Es ging.

Ich ruhte in dieser Position kurz aus. Babette fragte:

„Kann's losgehen?"

Ich nickte nur. Sie schubste mich an, wie man Kindern das Schaukeln beibringt. Ich begann bei jedem Schwung ein wenig mutiger die Beine zu bewegen. Babette stellte sich neben die Schaukel und schaute mir zu. Was würde nun passieren? Es war anders, als mit meinem kleinen Freund *Güstav.* Die Bewegungen meines kleinen Freundes waren anders, als sonst, nun ging es ja nur wenig rein und raus. Aber jede Vor- und Zurückbewegung erzeugte einen angenehmen Druck auf meine Scheidewände. Mittlerweile hatte meine Muschi sich darauf eingestellt, dass wir Besuch hatten. Sie umschlang ihn mit allen Lippen aufs Innigste. Ich empfand nicht nur den Dildo als eine Bereicherung, sondern auch das Schaukeln ohne Höschen, nur mit einem Hemdchen. Ließ den Wind über meinen Körper streichen, ich fühlte mich leicht und frei. Babette meinte:

„Ischt ees schön?"

Ich musste an mich halten, um nicht laut „Ja" zu schreien. Auf diese Weise, schon früh am Morgen, vor dem Frühstück etwas in den Bauch zu bekommen, war eine neue Erfahrung. Babette sagte:

„Isch glaube jetzt kommst du allein zurecht. Isch geh ins aus und kümmere misch um`s petit dejeuner."

Ich konzentrierte mich von nun an ganz auf meine Gefühle. Ich merkte, wie sich alles freute. Ich versuchte nun mutig ein paar Variationen, indem ich meinen Po etwas anhob. Schwupp, war ich von der Schaukel herunter und saß mit dem blanken Hintern im Gras. Ich schaute mich um, ob Babette mein Missgeschick bemerkt hatte und versuchte schnell wieder aufzusteigen. Anfangs schob sich bei jedem Versuch die Schaukel nach hinten. Dann erinnerte ich mich an Babettes Trick und drehte mit beiden Händen den Sitz. Vielleicht sah es nicht so elegant aus, wie ich ihn versuchte durch hin- und herbewegen zum Eindringen zu bringen, aber es klappte. Nun musste ich selber Schwung holen. Ich fühlte mich nun viel sicherer, verzichtete aber auf weitere Experimente. Schloss die Augen, dachte an den Wind, der meine Schamhaare umspielte, hörte dem Gesang der Vögel zu und näherte mich einem sehr wohligen Gefühl. Da rief Babette

„Le petit déjeuner et préparè."

Nun es musste auch nicht bereits am Morgen zu einem totalen Orgasmus kommen. Wer wusste, was Babette noch vorhatte? Ich bat Babette beim Frühstückt, mir eine solche Schaukel für zuhause zu besorgen.

Sie versprach es.

Kaffeeklatsch auf dem Bauernhof

Babette wusste, heute war mein letzter Tag vor der Abreise. Schaukeln am Morgen, Frühstück mit Babette, der Tag hatte wunderschön begonnen. Babette meinte, ich könne mir Zeit lassen, beim Duschen und wünschte ... Sie wissen schon. Heute Nachmittag würden wir zu einer Freundin auf den Bauernhof fahren zum Kaffeeklatsch. Ich solle mich leger anziehen. Gegen 14:00 Uhr fuhren wir los, als wir ankamen wurden wir mit lautem Hallo begrüßt. Einige Freundinnen kannte ich schon von der Samstagsparty. Heute waren die Frauen unter sich. Babette erklärte mir, dass ihre Freundin Brigitte mit ihrem Mann zusammen einen Reitstall betrieben. Ich hatte die Andeutungen auf der Party für einen Witz gehalten, als Babette meinte, Brigitte verstünde viel vom reiten. Brigitte bot uns ein Glas Champagner an und schon gehörte ich dazu. Zunächst wollte das Treffen mit einem kleinen Ausritt beginnen. Da Babette ungefähr meine Größe hatte, bekam ich von ihr ein paar alte Stiefel und von Brigitte einen Helm. Ich war ein wenig aus der Übung, seit meinem 18. Lebensjahr hatte ich nicht mehr auf einem Pferd gesessen. Vorher war ich wie viele Mädchen ein Pferdenarr. Es klappte erstaunlich gut. Man sagt, wie beim Fahrradfahren. Fahrradfahren verlernt man nicht, so war es auch beim Reiten. Wir ritten durch eine leicht hügelige Landschaft, alte Bäume, Felder im Spätsommer, kleine Flüsse und Bäche. Ich genoss es sehr. Zwischendurch machten Babette und wir ein kleines Wettrennen. Babette blieb immer an meiner Seite. Ihre Freundinnen kannten sich bestens aus. Plötzlich waren wir allein. Babette führte unsere Pferde an einen Bach und wir ließen uns im Gras nieder. In Ihrer Nähe fühlte ich mich geborgen und frei. Der Alltag war weit entfernt. Sie fragte, ob ich lieber reiten oder schaukeln würde. Meine Muschi mochte beides. Zum Schaukeln hatte ich mir noch kein abschließendes Urteil gebildet. Sie lachte und Babette sagte, die Idee mit der Schaukel käme von einer ihrer Freundinnen, die heute hier sein würde. Einmal im Monat machten sie einen Frauentag, der Montag war ideal, weil auf dem Reiterhof dann nichts los war. Dann kämen alle vom Wochenende zu erzählen. Eine ihrer Freundinnen könnte nur mit Frauen, die anderen wollten sich nur gegenseitig verwöhnen. Am Samstag hatte ich ja ihre Männer kennen gelernt. Für mich hätten sie heute eine Überraschung, die sie natürlich nicht verraten wolle. Ich erzählte ihr von meinem besonderen Verhältnis zu Karin und ihren sexy Partys. Babette bekam rote Ohren, sie hatte geglaubt das gebe es nur in Frankreich. Ich versprach ihr mit Karin zu sprechen, damit sie bei einer Party dabei sein können, sozusagen als sechspert, als Expertin aus Frankreich! Babette fand die Idee toll. Sie nahm meinen Kopf zwischen ihre Hände und gab mir einen dicken Kuss. Ich legte meinen Arm um sie und erwiderte den Kuss. Ich schob ihre Bluse hoch und ließ meine Zunge um Ihre wunderschön geformten Nippel gleiten. Ich hatte bisher keine Gelegenheit gehabt, mich richtig mit ihrem tollen Körper zu beschäftigen.

Ich verspürte den Hunger ihre Möse zu lecken, einfach um ihr etwas von dem was sie für mich getan hatte zurückzugeben. Ich streichelte ihre Schenkel, die Reiterhose war jedoch zu fest ich konnte nichts fühlen. Babette sagte „gleich haben wir bessere Gelegenheit uns zu verwöhnen." Ich dachte nur beim Kaffeeklatsch? Oder erst am Abend wie so oft in den letzten Tagen vertraute ich darauf, dass Babette am besten wusste, was für mich gut war. Sie hatte mich nie enttäuscht. Wir ritten zurück, keiner war zu sehen, Babette sagte, wir duschen nach dem Ausritt erst mal und machen es uns dann gemütlich. In einem umgebauten Teil des Pferdestalls hatte Brigitte für Ihre Kunden eine große Duschanlage eingebaut. Es gab Kabinen und eine Gemeinschaftsdusche, wie sie bei Sportlern üblich ist. Auf einen Stuhl standen, Limonade und eine offene Flasche Sekt. Wir mussten uns beeilen, um noch etwas davon ab zu bekommen. Die Frauen schnatterten um die Wette, ich verstand kein Wort. Sie seiften sich gegenseitig ab. Sie waren gut aufeinander eingespielt. Babette pflegte mich und ich sie. Die Französin und die Freundinnen waren mit sich beschäftigt. Wir trockneten uns ab und zogen Bademäntel an. Dann gingen alle ins Haus. Im Wintergarten hatte Brigitte einen Kaffeetisch in Buffetform aufgebaut. Kuchen, Gebäck, kalte und warme Getränke, der Sekt im Eiskübel. Die Frauen nahmen sich einiges davon und ließen sich im Wohnraum auf der Sitzlandschaft nieder.

Bauernhof?

Brigitte sagte etwas, was ich leider nicht verstand. Zugleich verschwanden zwei der Frauen. Was hatte das zu bedeuten. Die Freundin erkundigten sich bei mir, wie das in Deutschland so lief, mit dem Sex. Babette half bei der Übersetzung. Was sollte ich sagen? War ich ein positives oder negatives Beispiel? War mein Sexualleben, mit dem ich bisher ganz zufrieden war, normal? Ich zog mich aus der Affäre, indem ich sagte, ich könne mich über mangelnde Kontakte nicht beklagen. (Wie es bei meinem Mann sei, wüsste ich glücklicherweise nicht genau) die Frauen schrien vor Vergnügen. Hatte Babette auch alles richtig übersetzt? Die Stimmung war ausgelassener als am Samstagabend mit den Männern. Plötzlich hörte das Geschnatter auf. L hatte sich umgezogen, trug BH und Höschen und einen großen Hut, dahinter völlig nackt an einer Leine auf allen Vieren L. Alle waren gespannt, was jetzt geschehen würde. Sie zerrte an der Leine und L musste folgen. Dann setzte sie sich breitbeinig auf einen Stuhl. L hockte sich zwischen ihre Beine. Sie streichelt L und knetete dabei auch kräftig ihre großen Brüste. Dann drückte L den Kopf zwischen ihre Schenkel. Ohne ihre Hände zu benutzen begann sie mit den Zähnen ihren Slip zu zerreißen. Sie leckte jede freie Stelle, die sich bot. Dann half L ihr und schob ihren schon sehr knappen Slip zur Seite, jetzt lagen ihre Möse und ein kleines Glied für alle sichtbar frei. L war völlig rasiert. Da ich nur einen Meter von L entfernt stand, sah ich, wie sich bei jedem Zungenschlag ihre Lippen und Zunge ständig bewegten. Alles glänzte feucht. L beugte sich weit zurück und spielte, wie mir schien einen Orgasmus. Dann nahm sie das Halsband ab und küsste sie mit auf den nassen Mund. L verbeugte sich und ein tosender Applaus war ihre Belohnung. Mich hatte diese hemmungslose Art vor anderen sich völlig frei zu bewegen nicht kalt gelassen. Etwas regte sich zwischen meinen Beinen, meine Muschi mag es auch geleckt zu werden. Nach dieser Vorführung hörte ich meinen Namen, Babette sagte, ihre Freundinnen würden mich bitten, auch etwas zu zeigen. Mir war klar, es ging nicht darum, ein deutsches Gedicht zum Besten zu geben. Ich konnte mich ja schlecht auf Babette stürzen und das eben unterbrochene Liebesspiel fortsetzen.

Ich sagte Babette, ihre Freundinnen könnten zum Fenster gehen. Ich ging nach draußen und stellte mich mit dem Gesicht vor das Fenster. Dann hob ich mein T-Shirt an, so dass alle meine üppisch beharrte Muschi sehen konnten. Ich ließ sie ein wenig zusehen und ging in die Hocke. Dann begann ich so kräftig zu pieseln, wie ich konnte. Ich versuchte weit zurückgelehnt, möglichst weit zu kommen. Die Frauen im Wintergarten waren in die Hocke gegangen, um alles genau mit zu bekommen. Der Strahl hätte sie getroffen, wenn nicht die Scheibe dazwischen gewesen wäre. Allmählich ließ der Strahlung nach und versiegte endgültig. Ich rieb noch zweimal über meine Muschi und ließ mein T-Shirt wieder fallen.

Die Frauen waren ganz still.

War ich zu weit gegangen?

Hatte ich eine mir unbekannte Spielregel gebrochen?

Babette kam zu mir und sagte, die wollen alle eine Kostprobe. Babette Griff unter mein Shirt und strich langsam durch meine Muschi und leckte ihren Finger für alle sichtbar langsam ab. Die Frauen schrien sofort laut auf vor Begeisterung. Nun musste ich einer nach der anderen meine Muschi zur Verfügung stellen. Eine nach der anderen kam zu mir, gab mir einen Kuss und fuhr mit dem Finger durch meine Muschi. Einerseits stieß mich die grenzenlose Geilheit dieser Frauen ab, gleichzeitig bewunderte ich sie für ihre Hemmungslosigkeit. Niemand kam zu Schaden. Alle wollten dasselbe.

Wollte ich das auch?

Meine Muschi hatte die Antwort schon gegeben, sie lief

durch mehrfaches Befummeln fast über. L hatte die Gelegenheit schamlos ausgenutzt und ihren langen Finger deutlich tiefer als die anderen bei mir eingeführt. Ich hatte mir nichts anmerken lassen. L hatte das vergnügt zur Kenntnis genommen und mir dabei fest in die Augen geschaut. Ich war gespannt, wie es weitergehen würde. Bei meinem Darbietungen und Kostproben hatte ich bemerkt, dass Paulette und .. noch fehlten. Hatten die sich völlig zurückgezogen? Ah, da kam sie, Paulette mit einem atemberaubenden schwarzen Body, der ihre vollen Brüste mit einem viertel BH stützte. Ihre langen dunklen Haare hingen bis über die Schulter herab. Sie ging zu einer Truhe, öffnete sie und griff hinein. Dann holte sie einen glasklaren Gegenstand heraus.

Das Paket

Der schöne Sommerurlaub mit der Familie lag eine Woche hinter uns. Das Wetter war glücklicherweise weiterhin sommerlich. Ich war gut erholt und ging meinen normalen Tätigkeiten im Hause nach. Heute hatte ich mir die Wäsche vorgenommen. Ich stand in der Waschküche und stopfte gerade die erste Maschine in den Trockner. Da hörte ich weit entfernt unsere Hausklingel. Ich ging nach oben und öffnete die Türe. Ein Herr vom Paketdienst übergab mir ein Paket. Die Briefmarken deuteten an, es kam aus Frankreich.

Sollte dieses Paket schon von Babette kommen?

Ich wurde sehr neugierig, gab dem Boten ein Trinkgeld. Wenn es das enthielt, was ich vermutete, so würde der Waschtag bald zu Ende sein. Ich entschied, das Paket zur

Seite zu legen und nicht sofort hineinzuschauen. Erst die Arbeit, dann das Vergnügen. Wie hätte sich Babette wohl entschieden?

Nun ich lebte in Deutschland. Ich setzte meine Hausarbeit fort. Immer wieder ertappte ich mich bei dem Gedanken an das Paket. Mein Wunsch an Babette war damals sehr spontan gewesen. Würde es mir hier in Deutschland in meinem Alltag genauso gut gefallen? Wo sollte ich es bloß hintun, richtig verstecken schien meinem Mann gegenüber nicht fair. Ich hatte Zeit mir dazu Gedanken zu machen. Der Morgen schien mir länger als sonst. Auch am Nachmittag konnte ich noch immer nicht hineinschauen. Erst Kochen, Hausaufgaben kontrollieren, 16.00 Kaffeeklatsch bei Tennis Schwestern. Abendessen mit meiner Familie. Der ganze Tag war irgendwie gefüllt. Nichts besonderes, dennoch hatte ich keine Zeit, mich angemessen um mein Paket zu kümmern. Meine Unruhe wuchs. In der Nacht davonschleichen und ausprobieren? Nein, da war natürlich auch nicht der richtige Zeitpunkt. Ich beschloss am nächsten Vormittag, direkt nach dem Frühstück mir dafür Zeit zu nehmen und ich schlief sehr unruhig. Alles, was mit Babette zu tun hatte, ging mir durch den Kopf. Selbst meinem Mann war aufgefallen, dass ich mich unruhig hin und her gewälzt hatte. Ich schob es auf den Vollmond. War Babette schon so weit in mein Leben gedrungen, dass ich deshalb unruhig schlief? Oder war es nur die normale geile Vorfreude, die mich nicht schlafen ließ? Wie sollte ich das herausfinden? Ich würde es einfach ausprobieren. Endlich war es soweit. Meine Familie hatte das Haus verlassen, um ihrem Tagewerk nachzugehen. Ich liebte sie alle, aber *dabei* konnte ich sie leider nicht gebrauchen. Ich räumte das Frühstücksgeschirr weg und machte den Küchentisch frei. Dann holte ich das Paket, ich hatte es in der Waschküche gelassen, dorthin verläuft sich mein Mann nie. Ein Messer, zwei Schnitte ins Klebeband und ich konnte das Paket öffnen. Meine Spannung hatte sich bereits auf meine Muschi übertragen. Erstmal das überzählige Verpackungsmaterial herausnehmen. Ein Brief kam zum Vorschein. Ich öffnete ihn. Babette bedankte sich nochmal für die schönen Tage mit mir. Ich war genauso dankbar. Sie machte ein paar Andeutungen, die nur ich verstehen konnte, sie vermutete wohl, dass mein Mann den Brief auch lesen würde. Zum Schluss wünschte sie viel Spaß mit dem Geschenk. Ich konnte mir ihr Gesicht zu diesen Zeilen sehr genau vorstellen. Es würde ein Blitzen über ihre Augen gehen und dabei würde sie voller Unschuld aber unwiderstehlich lächeln. Ich wühlte weiter. Ein weiterer Karton erschien. Ich öffnete ihn. Eine Schaukel kam zum Vorschein, ein Sitz, zwei Seile und natürlich eine Montageanleitung auf Französisch. Sollte ich dazu meinen Lehrer von der Volkshochschule fragen? Ich würde es vielleicht auch alleine schaffen sie (ich ertappte mich bei dem Gedanken, dass meine Schaukel in Gedanken ein Geschlecht hatte), aufzuhängen, Babette hatte eine wunderbare Stelle unter dem alten Baum in ihrem Garten gefunden. Wir hatten keinen großen alten Baum, an dem ich die Schaukel befestigen konnte. Im Haus schien es auch nicht möglich, der Keller war nicht hoch genug.

Hatte ich den Wunsch zu leichtsinnig geäußert?

Nun hatte ich eine tolle Schaukel und konnte sie nirgends aufhängen. Mira ging mir durch den Kopf, sollte ich sie in ihrem Penthouse aufhängen? Vielleicht brachte ich sie damit in Verlegenheit. Man stelle sich einen Kunden bei einer Maklerin vor, in deren Wohnzimmer eine Schaukel hängt, kinderlos und unverheiratet. Nun, es würde sich eine Lösung finden lassen. Ich packte weiter aus. Ein zweiter Karton mit der Aufschrift *pour Anna*. Ich öffnete ihn und fand drei original verpackte Einsätze oder heißt es Einschübe, vor. Drei verschiedene Formen und Farben, ein schwarzer dicker, ein mittlerer in Fleischfarbe und ein kleiner völlig durchsichtiger. Mit dem schwarzen würde ich mir Zeit lassen müssen, ich war wohl noch nicht so weit. Ich wollte sie alle ausprobieren auch wenn es lange dauern sollte. Babette wollte meine Erfahrungen teilen. Ich würde ihr alles haargenau beschreiben. Noch gab es nichts. Wie sollte ich das verdammte Ding aufhängen. Sollte es schon zu Ende sein, bevor es losging? Da schoss mir ein Gedanke durch den Kopf. Da gab es noch eine Möglichkeit, die ich direkt wieder verwarf, ein Gestell im Garten, vor drei Jahren hatten wir ein solches abgebaut, weil es nicht mehr gebraucht wurde. Die Nachbarn würden sich wundern, wenn ich, eine erwachsene Ehefrau und Mutter alleine eine solche Schaukel benutzte. Mein Mann hätte sich auch gewundert.

Ich musste etwas trinken, vielleicht fiele mir nach einem Kaffee mehr ein. Entspannt geht's meist leichter. Babette löste alle Probleme eher spielerisch. Bei einem guten Kaffee schaute ich in den Garten. Da stand meine Lösung. Unser großes Gartenhaus, überwiegend mein Arbeitsgebiet. Ich ließ den Kaffee stehen, packte mein Paket und ging ins Gartenhaus. Auf Anhieb entdeckte ich einen kräftigen Balken, an dem ich sie aufhängen konnte. Ich suchte mir eine kleine Leiter und begann sofort mit der Montage. Die beiden Haken in den Balken zu schrauben war recht beschwerlich, mit einer großen Zange ging es dennoch. Nun kam der zweite Teil, die Seilführung. Auf der Skizze eher verwirrend dargestellt. Ich legte alles auf den großen Arbeitstisch, der mir schon bei anderen Gelegenheiten gute Dienste geleistet hatte. Die Seile auf die richtige Länge zu bringen machte mir Probleme. Hatte ich ein Seil richtig, war das andere zu lang oder zu kurz. Für meine Zwecke, wäre es nicht zweckmäßig, wenn ich schräg auf eine Seite rutschen würde. Endlich hatte ich den Dreh gefunden. Nun kam der letzte und angenehmste Teil der Arbeit. Babette hatte mir gezeigt, wie man aus einer Kinderschaukel eine Lustschaukel macht. Ein spezieller Einsatz wurde eingeschoben und verriegelt, dann konnte man die gewünschte Größe und Stärke leicht ergänzen. Manchmal lassen sich Erfinder ja doch etwas nützliches einfallen. Ich schaute mir die Einsätze erst einmal genau an. Das Schwarze Dicke erschreckte mich ein wenig, noch konnte ich mir nicht vorstellen ihn zu beherbergen. Der fleischfarbene schien mir die richtige Größe zu haben. Den kleinen würde ich gelegentlich ausprobieren. Ich packte ihn aus, er fühlte sich angenehm weich, aber nicht zu weich an. Da entdeckte ich auf dem Boden des Kartons weitere Dinge. Eine kleiner Karton, den ich zunächst für ein vierten Einsatz gehalten hatte, entpuppte sich als Gleitcreme. Babette hatte einfach an alles gedacht. Ich setzte meinen kleinen Helfer aufs Brett, cremte ihn ein wenig ein. Nun sah er schon viel verlockender aus, seine Eichel glänzte schön feucht. Ich verzichtete darauf, ihn zu lutschen, da ich kein Interesse am Geschmack von Industrieprodukten habe, mir schmeckt Natur eben am besten. Vorsorglich hatte ich mich nur mit einem T-Shirt bekleidet. Ich begann sofort ihn einzuführen, die Erfahrung aus Frankreich half mir.

Schon beim zweiten Versuch hatte er den Eingang gefunden. Vielleicht hatte ich auch einen besonders schlauen erwischt, der wusste wohin er gehört. Der Anfang ist immer besonders schön, jetzt war ich alleine und konnte genau nach meinen Gefühlen gehen. Ich ließ mir also Zeit beim Einführen. Er hatte eine schöne Eichel. Ich spürte wie meine Muschi gedehnt wurde und wagte im Stehen einige vor und zurück Bewegungen. Sofort öffnen sich meine inneren Schleusen. Ich war nun für den Ritt bestens vorbereitet. Ich ließ mich tief auf ihn sinken. War er noch länger als der von Babette? Vielleicht ließ ich ihn auch nur tiefer ein. Ich begann behutsam zu schaukeln. Ich war ja nicht ganz sicher ob ich alles richtig montiert hatte. Ein Alptraum hier mit der Schaukel abzuschmieren. Aber alles hielt. Ein leises ungewohntes Knarren vom Balken, die Seile knarzten ein wenig, weil sie noch neu waren. Nachdem ich Vertrauen in meine Arbeit hatte, konnte ich mich nun völlig meinem Vergnügen hingeben. Die Umkehrung der Bewegung erzeugte den höchsten Druck auf die Innenwände meiner Muschi, gleich danach wieder Entspannung einfach toll. Es war einfach unvergleichbar mit den sonst von mir angewandten Praktiken, weder lecken, noch Fingern, noch Gustav, noch ein lebender Schwanz hatten Gefühle an diesen Stellen mit einer solchen Intensität hervorgerufen. Mir wurde immer heißer, ich hielt kurz beim Schaukel inne und trennte mich auch noch von meinem T-Shirt. In unserem Gartenhaus war kein Wind, beim Schaukeln entstand er dennoch und kühlte mich ein wenig. Ich musste aufpassen, wenn ich einen totalen Orgasmus bekomme, falle ich manchmal in einen Ohnmacht ähnlichen Zustand. Beim Schaukel wäre das nicht ratsam. Ich versuchte also einen kontrollierten

Orgasmus zu bekommen. Ich merkte sehr schnell da gab es einen inneren Widerspruch. Entweder lässt man sich völlig fallen. Das schied hier leider aus oder man hat nur ein Teil des Vergnügens. Ich hatte es fast geschafft, mehr ging nicht, meine Angst war zu groß. Ich musste Babette fragen, wie sie es machte, wenn sie sich nicht nur ein wenig Vergnügen bereiten wollte. Erschöpft nein, erleichtert auch nicht. Mein Zustand war für mich noch schwer zu beschreiben. Vielleicht klappte es ja beim nächsten Mal besser. Mit leicht zitternden Knien stieg ich immer noch nackt auf die Leiter, um die Schaukel wieder abzunehmen. Egon, mein geiler Nachbar, wäre sicher begeistert, mich so zu sehen. Ich verstaute die Schaukel und die Einsätze separat und nahm meinen kleinen Schaukelfreund mit ins Haus, um ihn für den nächsten Einsatz zu säubern.

EURO

Ich hatte wie immer meinen wöchentlichen Einkauf auf dem Markt gerade beendet und setzte mich in das angrenzende Café, um mich nach dieser Hausfrauentätigkeit durch einen Cappuccino zu belohnen. Ich denke soviel Zeit muss sein. Dabei schaue ich mir die vorbei laufenden Menschen an und hänge so meinen Gedanken nach. Eine schöne Unterbrechung in meinem Alltag. Ich bin sogar froh, wenn ich mal alleine über den Markt gehe, oft fährt noch eine Nachbarin mit, dann ist ist es mit der Beschaulichkeit natürlich vorbei.
Ich saß also im Café, genoss den Tag, machte mir kleine Pläne für den Nachmittag und den Abend, an dem wir

eingeladen waren, dazu musste ich noch ein Geschenk besorgen. Da wurde es plötzlich dunkel vor meinen Augen. Wer war so frech und hielt mir einfach meine Augen zu? Eine Stimme sagte,

„Du siehst immer noch bezaubernd aus."

Diese Stimme kannte ich, aber wer sollte dahinterstecken. Ich ging schnell meine lange nicht gesehenen Bekannten durch, kam aber nicht darauf. „Nah, immer zu Scherzen aufgelegt, wie früher." der Mann lachte laut.

„Anna, was haben wir uns lange nicht gesehen."

Er gab meine Augen frei. Das Gesicht kannte ich, ich kam aber dennoch nicht auf den Namen, es musste schon sehr lange her sein. Ich blickte in das Gesicht eines gepflegten gut aussehenden Mannes um die 40. Seine Figur ließ darauf schließen, dass er sportlich aktiv war. Sakko und T-Shirt passten gut zusammen.

„Darf ich mich zu Dir setzen oder erwartest Du noch jemanden?"

Jetzt dämmerte es mir, wer der Kerl war. Es war Frank aus meiner Abiturklasse. Er war immer ein bisschen kess gewesen. Damals aber noch mit Pickeln und pubertierend. Etwas schmächtig und damals schon recht groß. Nah für mich sind alle Männer groß, wenn Frau nur 1 1/2 m groß ist. Er hatte damals versucht mit mir zu gehen, aber über Tanzabende und anschließendes Petting im Wagen seines Vaters waren wir nie hinausgekommen. Sein Schwanz war damals schon sehr lang gewesen, aber noch unnatürlich dünn, wie ich damals fand. Nicht dass ich damals schon alles über Schwänze gewusst hätte, aber er hat mich immer interessiert. Wir tranken etwas zusammen und er erzählte mir, was er so die letzten Jahre getrieben hatte. Er konnte sehr amüsant erzählen. Nichts von dem unscheinbaren Knäblein war mehr übrig. Ein selbstbewusster gut aussehender Mann saß da neben mir. Er war einige Jahre im Ausland als Ingenieur tätig gewesen. Seine Frau hatte ihn mit einem jüngeren Mann betrogen und dann verlassen. Nun war er wieder heimgekehrt und versuchte eine Niederlassung in Deutschland für seine ausländische Firma aufzubauen. Zur Zeit wohnte er in seinem elterlichen Haus, dass er geerbt hatte. Es hatte jahrelang unbewohnt dagestanden, da seine Eltern ins Altersheim gegangen waren. Er lud mich ein, es einmal anzusehen und ihm Vorschläge für die Renovierung und Umgestaltung zu machen. Was machte ihn bloß so sicher, dass mich das interessieren würde. Ich hatte ihm von meiner eigenen Familie erzählt. Er hatte sich alles geduldig angehört und war dann wieder auf sein Thema gekommen. Am liebsten hätte er gehabt, ich wäre direkt mitgekommen. Ich musste erst meine Gedanken ordnen. War hier etwas, was mir die Kontrolle nahm. Dann müsste ich sofort nein sagen. Er ließ mir Zeit, hatte keine Eile. Ich versprach ihn am nächsten Morgen anzurufen. Er solle mich nicht anrufen, bat ich. Er nickte und verabschiedete sich ohne ein Wort mit einem Kuss auf meine Wange.

Ich zahlte, passte meine schon leicht angewärmten Sachen vom Markt unter den Arm und versuchte während der fahrt nicht mehr an ihn zu denken. Ich kenne mich zu genau. Ich komme soweit vom Alltag ab, dass ich dabei vergessen könnte, dass ich ja noch im Auto sitze. Zuhause packte ich alles aus, räumte die Dinge in den Kühlschrank oder in unseren Vorratskeller ein. Dann versuchte ich nicht mehr an ihn zu denken. Erst am nächsten Morgen wollte ich nach dem Frühstück noch einmal gründlich nachdenken. Der Morgen kam, mein Mann ging zur Firma, ich saß im T-Shirt am Frühstückstisch, statt gemütlich die Zeitung zu lesen ertappte ich mich bei dem Gedanken, was er mir wohl zeigen wollte. Da war sie wieder, diese Neugier, die mich nicht mehr loslässt, bis ich Gewissheit habe. Ich merkte wie sich alle meine Gedanken statt um sein Haus, um ihn drehten. Ich war doch nun schon wochenlang clean, was Männer anging, geblieben. Ich wollte Gewissheit, vielleicht wollte er mir nur noch weitere Geschichten erzählen. Ich würde ihn auf jeden Fall zappeln lassen. Ich liebe es, wenn ich so tue, als wenn ich die dicke Beule in der Hose nicht bemerken würde. Diese Art sich Freude zu machen, hatte mir Mira beigebracht. Sie beherrschte diese Kunst perfekt. Sie kennt keine Gnade, selbst wenn ihr Gegenüber sie mit erhobener Latte anbettelt. Nun soweit wollte ich es ja gar nicht kommen lassen. Ich rief Frank an, ich hätte aber nur wenig Zeit, ich müsste dringend noch etwas erledigen. Er sagte „Komm erst einmal, ich brauche Dich."

Ich fuhr zu seinem Haus. Frank öffnete die Tür, bat mich in den Flur. Ein hochherrschaftliches Haus empfing mich, dass schon lange auf frischen Wind wartete. Wir startete unseren Rundgang in einem wunderschönen alten Garten, der natürlich verwildert war. Ich konnte mir sehr gut vorstellen, wie er aussehen könnte, wenn ich ihn 2 Monate bearbeiten würde. Ich hielt mich natürlich von jedem Hilfsangebot zu seinem Garten fern. Dann ging der Rundgang weiter ins Wohn- und Esszimmer. Die hohen Decken faszinierten mich. Ein gemütlicher Erker zum Garten hatte es mir direkt angetan. Frank nahm mich an der Hand und sagte:

„Du hat doch nicht viel Zeit. Du musst unbedingt oben aus

dem Fenster sehen."

Schon waren wir über eine geschwungene Holztreppe, der außer ein wenig Farbe nichts fehlte im Obergeschoss angekommen. Frank führte mich ins Bad, mit herrlichen alten Fliesen. Das Schlafzimmer hatte noch den Mief alter Tage, aber einen wunderschönen Balkon mit einem Blick auf die alten Bäume und die vielen wilden Blumen. Man konnte von den Nachbarn und deren Häusern nichts sehen.

Frank stand hinter mir und hatte beide Hände auf meine Hüften gelegt. Er sprach ganz leise in mein Ohr.

„Bist Du bereit mit mir ein Spielchen zu machen. Wenn Du gewinnst, kannst Du sofort gehen, wenn Du verlierst, muss Du noch etwas hier bei mir bleiben." Ich erinnerte mich, auch früher hatte er die Mädchen mit seinen Spielchen versucht rumzukriegen. Irgendwie ist jede doch neugierig, was, das für ein Spiel ist. Er sagt es aber nur, wenn man dieser Regel zugestimmt hat. Nun, was konnte ich verlieren. Zuhause gab es keine Spielchen, nur soliden Sex.

Ich nickte, ohne ihn anzuschauen. Den Triumph wollte ich ihm nicht gönnen, meine glänzenden Augen zu sehen.

Frank begann:

„Das Spiel hat einen ernsten Hintergrund, es ist ein Stresstest. Er wurde früher zum Test von Piloten benutzt, um zu sehen, ob sie sich auch unter ungewöhnlichen Umständen noch auf ihre Hauptaufgabe konzentrieren können. Du musst etwas ausrechnen, während ich Dich versuche abzulenken. Ich werde Dir jetzt die Augen verbinden und damit Du sicheren Halt hast, solltest Du

Dich breitbeinig hinstellen. Ich befolgte seine Anweisungen und war gespannt, was er mit mir vorhatte, bestimmt Angrabchen ohne Ende.

„Nun der zweite Teil. Du streckst Deine Arme aus und spreizt die Finger, ich werde Dir dann zwischen Deine Finger Geld stecken, dass Du festhalten musst. Sobald es runterfällt hast Du verloren. Ich werde den Geldbetrag jedes mal vergrößern. Wenn Du am Ende die richtige Summe nennst, darfst Du natürlich das Geld behalten. Ich beginne mit einem ½ Euro. Bist Du bereit?"

Ich nickte,

„Hast Du die Regeln verstanden?"

 Ich nickte abermals. Er sagte

„Ich beginne jetzt."

Ich spürte den ersten Euro zwischen meinem kleinen und dem Ringfinger und hatte keine Mühe ihn festzuhalten. Frank sagte, ich sehe einfach total sexy aus, wie ich so dastand. Plötzlich spürte ich seine Hand über meinen kleinen Bauch nach oben fahren. Er strich über meine Bluse, den BH hatte ich wegen der Wärme heute weggelassen. Dann verschwand die Hand wieder und eine zweite Münze tauchte auf. Ich griff nach ihr und hielt sie fest. Eine Hand wollte unbedingt herausfinden, ob ich auch mein Höschen zu Hause gelassen hatte. Fehlanzeige. Männer interpretieren das immer direkt als Freiwild. Dann die dritte Münze. Plötzlich zwei Hände auf beiden Brüsten. Meine Nippel streckten sich verräterisch. Die brauchten ja auch nicht rechnen.Nun, ich hatte damals Matheleistung gehabt, Frank nur den Grundkurs. Ich würde schon den Überblick behalten, auch wenn ich blond bin. Nun ein Schein zwischen den Fingern meiner rechten Hand, Gibt es bei Euro auch Fünfer, ging mir durch den

Kopf. Eine Hand machte sich ganz ungeniert an meinem kleine Hintern zu schaffen, nah Frank direkt ins kleine Stinkeloch mit dem längsten Finger. Die Situation fing an mir Freude zu machen, aber genau das würde mich vom Rechnen und Gewinnen abhalten. Ich hatte mir fest vorgenommen als Siegerin den Platz zu verlassen, natürlich mit dem wohl verdienten Kleingeld. Der nächste Schein zwischen den Fingern der rechten Hand. Was käme nun als Ablenkung? Mein Höschen verabschiedete sich grade, ich stand untenrum völlig im Freien, und das auf einem Balkon, mit einem Mann, der nicht mein Mann war. ...Zählen nicht vergessen. ...Zählen nicht vergessen. Mein Verstand blieb hart. Noch ein Schein, dann hätte ich es geschafft, nein ein Finger fuhr ungeniert durch meine eingestandenermaßen nicht mehr trockenen Schamlippen. Um genau zu sein, der Wind kühlte meine tropfnasse Möse bereits. Gib mir den Schein, dann habe ich ... Die Scheine zwischen meinen Fingern schiene sich in Luft aufgelöst zu haben, ich spürte sie einfach nicht mehr, sollte Frank erreicht haben, was er wollte. Eine späte Rache, dafür, dass ich ihn damals nicht in den Mund genommen hatte. Frank gab mir noch einen Schein zwischen die Finger. Ich versuchte verzweifelt mich auf meine Hände und nicht auf meine Muschi zu konzentrieren. Jetzt hörte ich ihn nicht mehr neben mir atmen, war er verschwunden und wollte sich daran ergötzen, wie ich mit verbunden Augen ohne Höschen auf dem Balkon stehe und das am lichten Tag. Nein Frank war nicht weg, ich spürte seinen warmen Atem zwischen meinen Schenkeln, er fingerte erst mal etwas grob an meinen Lippen, zog sie lang und auseinander, das war so nicht vereinbart. Dann kam er aber doch noch zur Sache.

Seine Zunge fand den Weg zischen meinen üppigen schwarzen Haaren und meinem Venushügel endlich in den Bereich, der schon die ganze Zeit meckerte, was macht der Kerl denn bloß, mein Kitzler hatte schon Glanz aufgelegt und wartete gespannt auf den ersten Kontakt. Endlich, Frank saugte an diesem kleinen Nippel, als wenn er ihn größer machen könnte. Nun es wird halt kein Pimmel draus. Herrlich, fast hätte ich laut geschrien, Frank ja, genau da. Dann besann ich mich auf meine Vorsätze. Nein so leicht ... Er hatte ein gutes Gespür für meine Muschi. Er rubbelte mal die inneren Wände , dann fuhren abwechseln mehrere Finger rein und raus, die Anzahl hätte er mich besser raten lassen. Im Augenblick waren es jedenfalls mehr als zwei. Herrlich, Ich wollte einfach mehr und hielt still wie eine heiße Stute, die ihrem Hengst keine Gelegenheit gibt, daneben zu landen. Ich merkte diese herrliche Kribbeln in der Magen und Bauchnähe. Würde er mich gleich noch mit seinem Pimmel überraschen. Der Gedanke machte mich noch heißer, Dann brachen alle Vorsätze und Dämme. Ich ließ es laufen, ließ meinen Unterleib zucken. Es war mir egal, das er mitbekam, dass er mich geschafft hatte. Plötzlich hörte sein Lecken auf.
„Wie viele Euro sind es zusammmen?"
Ich wusste nur, dass es keine Aufgabe mit unbekannten war. Irgendetwas mit Latten und Zäunen und dazwischen Lücken. Wieso hatte das was mit Geld zu tun. Ich schüttelte mich erneut, als Frank ein letztes mal mit einer Hand in meine Möse fuhr, während die andere Hand sich von der anderen Seite meinen kleinen Hintereingang näherten und ohne anzuklopfen oder ein Herein zu warten einfach darin verschwand. Er hob mich mit beiden Händen wie ein Kind in die Luft. Meine Muschi wusste nicht

mehr, ob es Sonntag oder Montag war. Dann setzte er mich behutsam ab. Nahm meine Augenbinde ab. Küsste mich und sagte.

„Es sind...?"
schnell sagte ich
„Stop, 387,50 Euro," Frank war platt.
„Wie hast Du das geschafft?"
„Du kannst das Geld natürlich behalten."
Ich zog mein Höschen hoch und sagte:
„Wenn ich wieder komme, geht es nach meinen Regeln!"

Mal ehrlich, lieber Leser, Liebe Leserin,

habe ich richtig gerechnet?

Haben Sie den Überblick behalten?

Wenn nicht, würde es mich freuen !

Geistiger Beistand

Ob es an der eher freudlosen Jahreszeit lag, ob mein Lustkonto überzogen war, ich war innerlich zerrissen. Mit meiner Familie war alles im Lot. Seit Jahren hatten mich keine solchen Gedanken gequält. Hatte ich alles immer wieder verdrängt? Mein Leben außerhalb der Ehe hatte neben den vielen erfüllten Stunden nun einen Zustand erzeugt, den man vielleicht Katzenjammer nennen konnte. Gespräche mit meinem Mann schieden aus, er hatte bisher nie etwas von meinen sexuellen Neigungen mitbekommen. Mein Verhältnis zu ihm litt eher unter meiner mangelnden Aufrichtigkeit, was meine sexuellen Bedürfnisse anging. Ich hatte mich an diesen lustvollen Zustand in all den Jahren gewöhnt. Nun war ich wieder unsicher wie vor ein paar Jahren. Ich hatte gerade Schluss mit einem sehr netten Mann gemacht, der drohte meinen Mann zu verdrängen. Damals hatte ich meinen neuen Weg eingeschlagen, ich fand ihn genial. Niemand kam zu Schaden, meine Muschi hatte keinen Grund zu klagen. Wieso heute diese Schuldgedanken? Ich beschloss mit jemandem zu reden. Mira hatte ich schon gefragt, sie hatte meine Gedanken nicht verstanden. Sie sagte, es wäre alles in Ordnung. Mein Mann hätte immer eine Frau, die zu ihm steht, was wolle er mehr. Ich hätte mein Vergnügen ohne Bindungen, viele würden mich darum beneiden.

Wozu die Sorgen?

Dann hatte ich lange mit Babette telefoniert. Sie können sich denken, was dabei heraus kam. Sie lud mich ein, bei ihr zu Hause meine trüben Gedanken zu vergessen. Ich wusste, in Frankreich brauchte ich keine zwei Stunden, um entspannt und locker zu werden. Aber hier im trüben Deutschland ?

Draußen regnete es seit Tagen, Novembertage haben nichts Einladendes. Meine geliebte Gartenarbeit hatte nun Winterpause; meine kleinen Helfer, wie *Gustave* auch.

Sollte ich einen professionellen Ratgeber aufsuchen, einen Psychologen, Arzt oder Seelenklempner?

Ein Psychologe würde Monate brauchen meine Kindheit aufzuarbeiten. Ein Arzt müsste mich zwangsweise als Patient sehen. Was ich brauchte, war ein Gesprächspartner. Ich bin nicht besonders religiös, dennoch dachte ich an den Besuch eines Pfarrers.

Der Pfarrer in meinem Ortsteil schied natürlich aus. Ich wollte jemanden aufsuchen, der mich überhaupt nicht kannte. Vor Jahren hatte ich mich mit einem Pfarrer aus dem Nachbarort unterhalten. Er hatte einen netten Eindruck hinterlassen.

Ich suchte kurzentschlossen seine Telefonnummer heraus und vereinbarte einen Termin für die nächste Woche, am Vormittag. Dann könnte ich dort noch zum Einkaufen fahren.

Ich war nach dem Gespräch am Telefon schon etwas ruhiger. In den nächsten Tagen versuchte ich meine Gedanken zu ordnen. Was sollte ich ihm von mir erzählen? Alles zusammen würde ein schlechtes Bild von mir zeichnen. Ich würde es beispielhaft an einem Fall mit ihm besprechen. Welchen Fall? Nun bis Dienstag war ja noch Zeit einen von der Art, *spontane Liebe* heraus zu suchen.

Mit leicht zitternden Knien klingelte ich. Ein grauhaariger Herr Mitte 50 öffnete mir. Es war derselbe, mit dem ich vor einigen Jahren gesprochen hatte, mittlerweile etwas in die Jahre gekommen. Er trug einen dunklen Anzug und einen schwarzen Rolli. Auf mich wirkte er recht schick. Er bat mich in sein Büro. Wir setzten uns an einen kleinen Tisch. Er hatte eine nette Sitzecke eingerichtet.

„Mögen Sie Tee?"

Ich nickte, ich war so aufgeregt, wie ein kleines Mädchen. Hier saß ich mit einem mir völlig fremden Menschen und sollte ihm meine intimsten Gedanken anvertrauen? Einen kurzen Augenblick lang, dachte ich sogar daran wieder zu gehen. Doch das hätte mir meine Feigheit nicht verziehen. Nun hatte er das Wort. Statt salbungsvoll auf mich einzureden, goss er mir in aller Ruhe Tee ein, schob mir Gebäck zu und sagte nur.

„Bitte erzählen Sie mir etwas von sich."

Ich begann mit meiner familiären Situation. Er nickte mir

freundlich zu, unterbrach mich aber kein einziges mal. Ich merkte, wie ich innerlich ruhiger wurde und mich immer mehr auf meine Erzählungen konzentrierte. Mittlerweile war ich an dem Punkt angekommen, an dem ich mich zu einer meiner lustvollen Abenteuer bekennen musste. Außer meinen lustvollen Freundinnen hatte ich noch nie zu einem Mann davon gesprochen. Bisher hatte ich noch nie den Mut gehabt, mich jemandem anzuvertrauen. Vielleicht auch, weil ich Angst hatte, er würde schlecht über mich denken.

Bei einem Mann der Kirche hatte ich keine solchen Gedanken, vielleicht weil ich nichts körperliches von ihm wollte? Ich vermutete, er würde in seinem Beruf viel schlimmeres zu hören kriegen. War es wirklich schlimm, was ich machte? Ich war gründlich verunsichert. Lust neben der Ehe? Mein Gesprächspartner, nun bisher hatte er noch nicht viel gesagt, hörte sich geduldig meine Geschichten an. Als erste erzählte ich von meinem Kontakt im Wäschegeschäft, das schien mir einigermaßen salonfähig. Die Geschichten mit Mira, Karin, Babette und Ellen unterschlug ich einstweilen. Als Walter, ich nenne ihn doch lieber mit seinem Vornamen, endlich anfing zu sprechen, hatte ich schon mehr von mir erzählt, als ich ursprünglich vorhatte. Ich fühlte mich schon etwas besser. Walter wollte wissen, ob es mehr der Kick der Gefahr wäre, der mich erregte oder ob ich zu Hause nicht genug Liebe und Zärtlichkeit bekäme. Ich fand, mit meinem Mann war Sex immer schön gewesen, vielleicht nicht immer aufregend, aber voller Zärtlichkeit.

Nein da fehlte mir nichts, ich versuchte eine etwas gewagte Formulierung.

„Meine Orgasmusfähigkeit wird zu Hause nicht voll

ausgeschöpft."

Waren das meine Worte? Walter schaute mich fest an.

„Also pure Lustbefriedigung?"

Wenn ich ja sagen würde, würde er mich für das letzte Flittchen halten. Wenn ich nein sagen würde, würde er auf Eheprobleme schließen.

Dann lieber ein Flittchen in seinen Augen.

„Ja."

Stille.

Walter dachte nach.

„Sie sind eine junge sehr attraktive Frau, hatten Sie vor der Ehe keine Möglichkeit sich auszutoben?"

Diese Zeit wollte ich eigentlich gar nicht besprechen.

„Doch, es gab einige, mit denen ich geschlafen habe. Mein Mann war mein Traumpartner."

Walter wurde nicht recht schlau aus mir. Kein Wunder, ich wusste es ja selber nicht genau, was mit mir los war.

Da klingelte das Telefon, Walter meinte, er müsse leider weg, es wäre sehr wichtig. Wir vereinbarten einen weiteren Termin, zwei Tage später, zur gleichen Zeit. Als ich auf die Uhr sah, war ich erstaunt, mein Besuch hatte bereits länger als geplant gedauert, ich musste mich bereits beeilen, einzukaufen und das Mittagessen zu bereiten.

Am Donnerstagmorgen kam mir Walter bereits wie ein alter Bekannter vor, den ich länger nicht gesehen hatte. Wir tranken wieder Tee. Heute erzählte Walter von seinen Problemen mit der Sexualität umzugehen. Er sei dazu verpflichtet, immer Vorbild zu sein, auch wenn ihm gar nicht nach Vorbild zumute sei. Sein Beruf würde ihn daran hindern, seine Sexualität auszuleben. Ich brauche mir aber keine Gedanken zu machen, dass ihn mein ausschweifendes Leben belasten würden. Er spreche gerne über

Sexualität, selbst, wenn er davon ausgeschlossen sei. Er habe eine sehr persönliche Methode entwickelt, damit umzugehen. Er wolle mir davon aber erst später erzählen. Nun sei ich wieder an der Reihe. Nun, da ich beim ersten Mal soviel ausgespart hatte, entschloss ich mich zu noch mehr Ehrlichkeit. Ich erzählte ihm von meinem wunderbaren Aufenthalt mit Ellen in der Toskana. Er hörte sich alles sehr geduldig an, unterbrach mich kein einziges Mal. Ich hatte vorher vermutet, er würde auf eine unterschwellige Art geile Details erfragen. Nein, Walter war aus einem anderen Holz. Lag es an der Abgeklärtheit seines Alters, hatte Sex keinen Platz mehr in seiner Welt? Fast tat er mir Leid. Vor gar nicht langer Zeit hatte ich mir selber Leid getan oder was waren das für Gefühle, die mich hergebracht hatten?

Der Ball sprang von mir zu ihm und wieder zurück. Es machte Freude sich mit ihm zu unterhalten. Zu keiner Zeit kam auch nur der kleinste Zeigefinger hoch, um mir meine sexuellen Aktivitäten vorzuhalten. Irgendwann musste er mein Verhalten doch verurteilen. Nein, nichts dergleichen. Wir sprachen über alles, mittlerweile war sogar *Gustave*, mein kleiner Freudenspender für ihn kein Unbekannter.

Ich fühlte mich deutlich besser, obwohl er kein einziges Mal gesagt hatte, ich solle so weitermachen oder mir einen anderen Vorschlag gemacht hätte, mein Leben zu ändern.

Das nächste Treffen fand erst zwei Wochen später statt. Walter musste zu einem theologischen Kongress. Als er mich fragte, ob ich in den letzten beiden Wochen eine neue Geschichte erlebt hätte, musste ich zu meinen Erstaunen feststellen, ich fühlte mich gut, obwohl ich keine meiner zahlreichen sexuellen Phantasien in die Tat umgesetzt hatte. War das bereits ein Ergebnis unserer Gespräche? Walter schmunzelte. Ich solle nicht zu viel erwachten. Vielleicht gäbe es gar keinen Fall zu lösen. Ich wusste nicht mehr was ich denken sollte. Wie meinte er das nun wieder? Er sagte, er hätte sich auf dem Kongress sehr gelangweilt, deshalb hätte er viel Zeit gehabt über mich nachzudenken. Er wolle mir helfen, mich jedoch nicht verbiegen. In seiner langen beruflichen Praxis hätte er gelernt, dass schnelle Ratschläge oft nur vorübergehend eine Lösung bringen. Beim Fremdgehen sich scheiden lassen, wäre eine solche Reaktion. Jeder sei im Recht, aber zum Schluss sei nichts wirklich besser. Alle würden an der Trennung von einem geliebten Menschen schwer tragen. Deshalb habe er zu diesen Dingen eine andere Haltung. Er versuche Menschen, die sich aus den verschiedensten Gründen auseinander gelebt hätten, wieder füreinander zu interessieren. Manchmal klappe es ja. Es sei immerhin einen Versuch wert. Bei mir liege der Fall anders. Er wolle mir und sich helfen, dass ich erst gar nicht in einen solche Situation komme. Deshalb müsse ich ihm jetzt genau zuhören.

Walter wirkte sehr konzentriert, es musste für ihn große Bedeutung haben.

„Was Sie jetzt hören habe ich noch keinem anderen in meiner Umgebung erzählt."

Ich nickte. Hatte Walter selber eine Geliebte? Fand er in mir einen Gesprächspartner, der ihm helfen konnte? Die Dinge entwickelten sich überraschend.

„Darf ich Sie duzen? Dann ist es leichter für mich!"

Ich nickte nur erstaunt.

„Wenn ich Dir jetzt etwas erzähle, muss ich mich darauf verlassen könne, das Du das niemandem, auch nicht einer

Deiner besten Freundinnen erzählst. Für mich ist das sehr wichtig."

Ich versprach es ihm.

„Ich möchte, das Du etwas für mich tust. Dafür erzähle ich Dir mein Geheimnis."

Ich wunderte mich sehr. Sollte ich mit ihm schlafen, was wollte er von mir? Ich fragte ihn einfach.

„Nein, mir geht es nicht um den direkten Kontakt zu einer zugegeben hübschen Frau. (mir ist jeder sexuelle Kontakt zu einer Frau verboten.) Es ist etwas anderes, das hat wieder mit mir zu tun." Jetzt war ich genau so schlau wie vorher. Ich muss wohl nicht sehr intelligent geguckt haben, jetzt lachte er laut auf. Was er mir dann erzählte, hätte ich nie für möglich gehalten.

Er wolle alles was ich ihm erzählt hatte aufschreiben und veröffentlichen. Natürlich ohne meinen Namen zu nennen. Er schreibe schon seit vielen Jahren für einen Verlag in Holland. Er habe sich ein Pseudonym zugelegt. Das würde er mir später verraten. Nichts von dem, was ich ihm erzählt hatte, würde auf mich schließen lassen, er wolle seine Romanfigur damit verflechten. Das Schreiben über sexuelle Dinge mache ihm sehr viel Freude. Leider dürfe er es nicht offiziell, sonst würde er große Probleme mit seinem Arbeitgeber bekommen. Wenn ich wolle, würde er mir zeigen, wie ich einen Teil meiner Fantasien mit Schreiben in den Griff bekommen könnte. In der Fantasie könne ja alles passieren. Niemand käme zu Schaden. Er meinte, ich könne so etwas wie seine Muse sein, die ihn zu neuen Geschichten inspirieren würde.

Jetzt hatte er die Katze aus dem Sack gelassen. Wie sollte ich mich entscheiden. Sollte ich diesem Mann alles was ich je erlebt hatte und fühlte anvertrauen?

Ich brauchte Bedenkzeit.

Walter meinte, wenn ich wolle, könne ich etwas von ihm lesen.

Nein, nach Lesen stand mir nicht der Sinn. Ich meinte beim nächsten Treffen könne er mir seinen Romanhelden selber vorstellen. Er war einverstanden. Ich fuhr mit einer Menge ungereimter Gedanken nach Hause. Wollte ich nicht mehr Klarheit über mich? Nun hatte ich mir ein neues Problem eingefangen. Er hatte zwar gesagt, er wolle nur meine Geschichten, aber vielleicht war das nur ein Vorwand, näher an mich heran zu kommen. Mit einem Mann der Kirche wollte ich auf gar keinen Fall ein Abenteuer beginnen. Da waren die Probleme im Vorfeld schon erkennbar. Dennoch reizte mich die Vorstellung in einem Roman vorzukommen. Viele Männer, vielleicht auch Frauen würden es lesen. Oder sollte ich selber Autorin werden? Wieder nur Probleme. Wie könnte ich zu Hause ein Manuskript herumliegen lassen, in dem von Schwänzen und Mösen die Rede ist. Mein Mann hätte die Welt nicht mehr verstanden. Außerdem hätte er leicht die autobiografischen Geschichten erkannt. Das war eine sichere Methode eine funktionierende Beziehung zu zerstören.

Diesmal konnten mir Mira auch nicht helfen. Ich hatte ein Versprechen gegeben. Tagelang überlegte ich, wie es weitergehen sollte. Walter hatte mein Vertrauen, dennoch wollte ich nicht alles preisgeben. Zunächst wollte ich die Art und Weise kennenlernen, wie er sexuelle Probleme in Romanform darstellte.

Etwas angespannter als die letzten Male, besuchte ich meinen seelischen Beistand. Walter begrüßte mich freundlich und kultiviert wie immer. Tee trinken, das konnte nicht alles sein. Heute wollte ich etwas gewahr werden. Walter zierte sich ein wenig.

Dann holte er eine Mappe heraus und begann mir seinen Helden vorzustellen.
Sein Held hieß Karl-Heinz Buschmann, ein kleiner fetter sexsüchtiger Mann der Probleme hatte, Partnerinnen zu finden. Seine Geschichten spielten im wirklichen Leben.
Heute war er als Spanner unterwegs. Er wollte einer Nachbarin ins Fenster schauen. Diese Nachbarin, nicht mehr ganz jung, so um die 50 Jahre, gesegnet mit einem kräftigen Busen, der nicht mehr ganz an seiner ursprünglichen Stelle war. Dennoch war sie noch sehr ansehnlich.

Nun begann Walter mit seinem eigenen Text:

Karl-Heinz beugte sich über die Brüstung des Balkons. Sein kleiner Wuchs behinderte ihn, wie so oft in seinem Leben. Sein nicht mehr weg zu diskutierender Bauch hielt im wahren Leben nicht nur die Frauen fern, auch hier konnte er nur mit heftiger Anstrengung in eine Position kommen, von der aus er dann endlich Erna beobachten konnte. Er hatte sie schon häufig bei ihren gymnastischen Übungen im Wohnzimmer beobachtet. Meistens war sie sehr leicht bekleidet, wenn er Glück hatte, trug sie nur einen kleinen Slip. Ihre großen Brüste formten sich bei jeder Bewegung zu den abenteuerlichsten Formen. Er konnte nie genug davon bekommen. Früher hatte er in solchen Situationen seinen kleinen Begleiter in die Hand genommen und es sich unter freiem Himmel selber gesorgt. Nicht das er ungerne mit einer Frau geschlafen hätte, aber irgendwie war der Kontakt in letzter Zeit für ihn schwieriger geworden. Sein letzter Bumms lag leider schon einige ... er wagte nicht nachzurechnen ... zurück. Heute sah Erna einfach hinreißend aus. Ein schwarzer Slip passte seiner Meinung nach immer zu ihr. Sie machte nun eine kleine Pause, trank ein Glas Sekt und legte sich lang auf den Teppich. Karl-Heinz glaubte seinen Augen nicht zu trauen, sie zog das Höschen aus. Das hatte sie doch bisher noch nie gemacht. Karl-Heinz trat der Schweiß auf die Stirn. Er wagte sich nicht auszumalen, was jetzt alles passieren konnte. Scheinbar war die Flasche leer, denn Erna nahm die Sektflasche und führte ihren Hals zu ihrer gut behaarten Möse. Karl-Heinz musste hart schlucken. Der Hals verschwand zunehmend in ihr. Karl-Heinz bemerkte an sich Regungen, die er lange vermisste hatte. Seine Hose ohnehin zu eng , bot seinem kleinen Freund nun gar keine Ausdehnungsmöglichkeit mehr. Vor ihm die Steinbrüstung. Karl-Heinz erinnerte sich an bessere Zeiten. Wie weit war es mit ihm gekommen, menschliche zärtliche Kontakte hatte er weitgehend verloren, jetzt stand er hier unter freiem Himmel, völlig verbogen, um einer Frau die er liebend gerne gevögelt hätte, bei einer nie gesehenen Tätigkeit zuzusehen.

Walter stockte und schaute etwas verlegen zu mir.
Ich kam aus dem Staunen nicht heraus.
„Siehst Du, da habe ich ein Problem, wie ist das, wenn eine Frau sich selbst befriedigt?"
Also das war es, was er wissen wollte. Mir hatte dabei noch nie jemand zugesehen, mein Mann hätte sofort vermutet, etwas würde nicht mit ihm stimmen. Das eine

Frau Lust auf sich hat, mag den meisten Männern völlig fremd sein. Sie messen Lust an ihrer Latte. Nun Lust zu erzeugen ist nun mal nicht das Privileg von Männern. Frauen haben auch ihre ganz speziellen Bedürfnisse. Aber wie sollte ich Walter meine Empfindungen mitteilen. Sollte ich es mir machen und ihm etwas vorstöhnen?

Walter strich verlegen mit der Hand durch sein Gesicht.

„Wenn Du Dich gedemütigt fühlst, lassen wir es ganz. Ich möchte Dich auf keinen Fall zu etwas drängen, was Du hinterher bereust. Vielleicht ist es ja nur eine fixe Idee von mir. Aber wie kann ich meinen Lesern beschreiben, was Erna macht oder empfindet?"

Nah Walter, das hätte ich nicht von Dir gedacht, dass Du so in die Vollen gehst. Ich musste trotz der etwas peinlichen Situation lachen. Walters Sorge, ich würde sein Büro sofort unter Protest verlassen war damit erst mal gebannt. Er lehnte sich wieder im Sessel an und holte erst einmal Luft. Ich fragte ihn, wie er sich das konkret vorstelle. Er sagte, er habe sich alles genau überlegt. Er meinte, zu diesem doch viel intimeren Gespräch sollten wir uns lieber am Abend treffen. So viel Einfühlungs-vermögen von diesem Mann! Ich sagte ihm, ich müsse noch mal darüber nachdenken, das käme alles so plötzlich. Er nickte voller Verständnis. Auch wenn ich noch nicht dazu bereit wäre, möchte er mich bitten, ihm bei seinem Roman behilflich zu sein. Mit diesem Punkt hatte ich keinerlei Probleme, obwohl ich bisher keinerlei Erfahrungen mit Schreiben hatte.

Nun, da war noch eine Frage offengeblieben. Die Frage nach dem Pseudonym. Walter versprach mir beim nächsten Treffen sein Geheimnis anzuvertrauen. Er wollte, das ich unbedingt wieder komme.

Feldstudie

Drei Tage brauchte ich, um mit meinen zwiespältigen Gefühlen klar zu kommen. Dann rief ich Walter an und sagte zu. Meine intimsten Gefühle vor ihm auszubreiten hatte so gar nichts von einer Inquisition. Ich freute mich darauf seine Reaktionen zu sehen, wenn er mit mir eintauchte in eine Welt der Sinne, die selbst vielen Frauen zeitlebens ein Rätsel bleibt. Männer haben, so meine eigenen bescheidenen Erfahrungen keine großen Probleme mit sich. Entweder es klappt oder sie glauben mit ihnen ist etwas nicht in Ordnung. Frauen erleben den Beischlaf nicht nur ab dem Punkt der Penetration, manchmal ist die gar nicht so wichtig. Männer sind da viel mehr fixiert. Sie glauben, wenn der Schwanz nicht drin war, haben sie versagt. Ich würde mir Mühe geben, Walter etwas von der Sinnlichkeit und Tiefe weiblicher Sexualität zu vermitteln.

Walter empfing mich wie immer. Heute gingen wir nicht in sein Besucherzimmer. Walter ging voraus in den ersten Stock, er bat mich ins Wohnzimmer. Er hatte etwas zu trinken bereitgestellt, für sich Wasser, für mich eine Flasche Champagner. Ich fand diese Geste rührend. Er hatte sich einiges im Vorfeld ausgedacht, wie er mich zum Sprechen bringen wollte. Mir war es recht.
Er meinte, er hätte sich überlegt, wie wir es machen könnten. Ich stutzte ein wenig. Wir? Hatte ich etwas nicht mitbekommen? Nun doch die Nummer mit ihm? Jetzt musste es sein, ich fragte ihn.
„Sag mir bitte, wie Du Dir das vorstellst!"
„Gerne," er setzte sich mir gegenüber und erläuterte seine Gedanken. Was jetzt kam, war vielleicht noch abgedrehter

als die Geschichten mit Karl-Heinz, seinem sexsüchtigen traurigen Helden.

Er meinte, er würde sich auf das Sofa legen. Ich solle zwischen seinen Beinen liegen, rücklings. Ich solle mich bitte ganz ausziehen. Er wolle meine Regungen möglichst intensiv miterleben. Er rechnete nicht damit, dass ich im Augenblick totaler Erregung viel sprechen würde. Er wolle mich halten, ohne einzugreifen. Also keine Geschichten erzählen. Jetzt hatte ich Gewissheit, Walter wollte, dass ich mich in seinen Armen selbst befriedigte. Glaubte er so sauber zu bleiben. Sollte ich ihn einfach verführen und alle seine Pläne, seine ganze Welt in wenigen Minuten zum Einsturz bringen, ein Gebäude, das er über viele Jahre aufgebaut hatte. Nein Walter war eben anders, warum sollte ich nicht einmal nach seinen Spielregeln spielen. Was konnte ich verlieren?

Walter legte sich nur mit einem Slip bekleidet auf die Coach. Ich zog mich ganz aus, trank einen Schluck Champagner, legte mich möglichst lasziv auf ihn. Walter griff unter meinen Armen durch und hielt ganz ruhig meine kleinen Brüste.

„Ich halte sie nur, deine Nippel lasse ich in Ruhe."

Der Mann hatte Nerven. Am Fußende der Coach hatte er einen großen Spiegel platziert. Er saß nicht nur Loge, er hatte auch noch den Platz in der ersten Reihe, der Spiegel machte es möglich. So schön hatte ich lange nicht mehr meinen Bär in Augenschein nehmen können. Allmählich fand ich Gefallen an der Situation. Es war immer schön gewesen, nur hatte noch nie ein Mann zugeschaut. Sollte mich das abturnen? Walter hatte sich in Wohlgerüche gehüllt, nicht zu viel, gerade richtig. Er hatte Stil. Kein billiger Abstauber. Nun die Show konnte beginnen.

Ich schloss meine Augen dachte an die schönsten Augenblicke mit Babette, besonders der Montag mit Paulette ging mir durch den Kopf oder soll ich sagen, die Erinnerung ließ meine Schamlippen anschwellen. Ich ließ mir Zeit, streichelte meinen Venushügel ausgiebig, schob immer wieder mal einen Finger in die Muschi und merkte schon nach erstaunlich kurzer Zeit, dass ich nicht mehr so bequem lag, ein harter Gegenstand war zwischen Walter und mir aufgetaucht. Irgendwie machte mich das noch mehr an. Normalerweise würde ich ihn mit Inbrunst abschlecken und auf die nächste Runde vorbereiten. Dieser Schwanz war für mich Tabu. Der erste, solange ich denken kann. Ich vermied ihn durch heftige Bewegungen zu einem vorzeitigen Abschluss zu bringen. Walter zeigte äußerlich keine Regung, doch die Stange in meinem Rücken zeigte, dass er auch nur ein Mann war. Es hätte mich wahrscheinlich sehr enttäuscht, wenn all meine Bemühungen bei ihm keine Reaktionen hervorgerufen hätten. Er hielt wacker durch. Ich stellte mir seine Adern auf dem Schwanz vor, die saftig glänzende Eichel, die vielleicht etwas lasche Vorhaut. Ich hatte keine Ahnung, wie ein Schwanz mit 55 aussieht, wenn er überwiegend zum Pinkeln benutzt worden ist. Meine Erregung stieg unaufhaltsam, das Unerreichbare in meinem Rücken geilte mich hemmungslos auf. Schwänze hatte ich schon reichlich gesammelt, aber einen harten Schwanz, wie eine Kanone im Rücken, den ich weder anschauen, noch lecken durfte, das war zu viel. Ich rieb meine Muschi, die ersten Stufen hatte ich schon erklommen, aber wie sollte ich den Höhepunkt schaffen. Sollte ich wie Erna zur Flasche greifen, nein, das war zu simpel. Ich griff an meine festen Brustwarzen und rieb sie mit der einen Hand, mit der anderen meinen Kitzler. Ich spürte seine Körperwärme und bemerkte, wie sein Atem immer schneller ging. Er wollte nicht, dass ich es bemerkte und atmete zur Seite. Ich nahm seine Hand von meinem Busen. Bisher hatte er sich strikt an seine Vorgaben gehalten und seine Hände völlig ruhig gehalten, dennoch war es mir sehr angenehm gewesen, seine Wärme zu spüren. Ich zog seine Hand nach unten. Er wehrte sich noch ein bisschen. Es nutzte ihm nichts, er musste wohl oder übel akzeptieren, dass ich auch meinen Spaß haben wollte. Ich nahm seinen Mittelfinger und führte ihn zu meiner Muschi. Dann schob ich ihn wie einen Fremdkörper über meinen Kitzler, durch meine Schamlippen bis in die Lustgrotte. Jetzt war er nicht nur dabei, sondern mitten drin. Allmählich lockerte ich meinen harten Griff um seinen Finger, jetzt hatte er wieder mehr Gefühl. Ich nahm seine Hand, fuhr zu meinen Brüsten, ließ seinen Finger meine Brustwarzen umkreisen, führte seine Hand über meinen kleinen flachen Bauch wieder nach unten zu meiner saftigen schön behaarten Muschi und wiederholte dies mehrere Male. Er widerstand tapfer der Versuchung seinen Finger selber auf die Reise zu schicken. So viel Selbstbeherrschung hätte ich ihm gar nicht zugetraut. Andere Männer verlieren ab einem bestimmten Punkt die Kontrolle über ihre Glieder. Nicht so Walter. Sein Stehvermögen war ungebrochen. Ich schweifte in Gedanken ab, seine Eier waren doch auch noch da, sollte ich sie mit meinem Rücken suchen? Ich malte mir seinen Sack und die Eier in Gedanken aus, vielleicht schon mit grauen Haaren. Ein Mann soll ja bis ins hohe Alter voll zeugungsfähig sein. Nun ich wollte kein Kind von Walter, er wollte etwas von mir. Ich glaube ohne ein einziges Wort von mir hatte er schon wieder ein

Kapitel fertig. Ich rieb mit meiner Leihhand entlang den Innenschenkeln, führte sie bis zu meiner kleinen Hintertüre, schob seinen Finger ein wenig hinein. Das war zu viel für Walter. Er zuckte, verlor für einige Sekunden die Beherrschung und kam mehrere Male. Bravo! Mit Dir könnte ich wirklich toll schlafen, aber da hast Du ja leider andere Vorstellungen. Ich hätte liebend gerne auch jetzt noch nach dem Schuss seinen Schwanz abgeleckt und seinen Samen geschmeckt. Ich merkte, wie ich bei dem Gedanken an seinen Saft völlig ins Schwärmen geriet. Mittlerweile konnte ich seinen Samen riechen. Die Wärme unserer Körper ließ den Geruch noch schneller hochsteigen. Ich liebe den Duft eines abspritzenden Schwanzes. Warum quälte mich Walter so. Nun da er wusste, wie ich es mir mache, könnte er mir doch auch ein wenig entgegenkommen. Ich setzte mich auf, drehte mich um. Walter hatte einen roten Kopf. Er sah sehr zufrieden aus. Ich konnte mir nicht verkneifen über seinen völlig durchnässten Slip zu fahren und mir heimlich eine kleine Geschmacksprobe zu gönnen. Walter sagte nur.
„Danke, das war das Schönste, was ich je erlebt habe."
Nah, wenn er da nicht zu dick auftrug. Ich konnte mir vorstellen, dass er früher, bevor er diesen Beruf ergriff, ein strammer Bursche gewesen war, den Mädchen bestimmt nicht von der Bettkante geschubst hatten. Nun das war wohl lange her.

Eine schlimme Nacht

Die Eindrücke mit Walter, meinem geistigen Beistand und Autor unanständiger Zeilen, hatte mich mehr als ich mir eingestehen wollte aufgewühlt. Sei es, das ich noch nie

einem Mann in diesem Alter so nah gewesen war, vielleicht auch, weil die Umstände alles andere als alltäglich waren. Nun stand ich wieder allein da. Ich hatte ihm ja versprochen mit niemandem darüber zu reden. Mira wäre sicherlich brennend an meiner Geschichte interessiert. Nicht, dass sie Mangel litt, aber Ihre Geschichten dienten meist ihrer eigenen Befriedigung auf direktem Wege. Nun, ich wollte doch gar keinen anderen Mann. Wieso war ich dann ständig auf der Suche?
Machte ich mir selber etwas vor?

In dieser Nacht fand ich nur schwer in den Schlaf. Ich wälzte mich von einer Seite zur anderen. Mitten in der Nacht wachte ich in Schweiß gebadet auf.
Ich erinnerte mich an den Traum, wie nach einem Kinoabend. Vieles gab keinen Sinn. Ich flog splitternackt durch einen großen Raum oder Höhle. Aber Höhlen haben keine Fenster. Hinter mir ein großer schwarzer Vogel. Ich schaute nach unten. Eine riesige Menge Pinguine. Was machten die hier? Ich versuchte mich zu orientieren und ruhte mich auf einem Vorsprung aus, die Pinguine hatte plötzlich lange Arme und griffen nach mir. Ich musste weiter, sonst würden sie mich ergreifen. Gab es nirgendwo einen Ausgang. Ich flog die wildesten Kapriolen. Nirgendwo der kleinste Ausgang zu sehen.
Wohin ich blickte, keine Möglichkeit diesem Labyrinth zu entkommen.
Alles zu!
Lange würde ich nicht mehr so fliegen können. Schon war es soweit. Ich fiel und fiel und fiel, irgendwann müsste ich doch unten ankommen. Das wäre das Ende. Viele lange Arme griffen nach mir, hielten mich fest, ich landete wie

auf einem Kissen, ich fühlte mich wie ein Baby, von
großen Gestalten umringt. Etwas machte mir Angst, ich
konnte weder den Himmel noch eine Decke sehen. Alles
um mich herum war schwarz. War ich doch schon tot?
Dann bewegten sich die vielen schwarzen Figuren von mir
weg. Ich sah Lichter über mir. Die Pinguine trugen mich
fort und legten mich auf ein riesige Kissen. Alle Pinguine
traten zurück, nur einer blieb. Ich erkannte Walter unter
einer Kapuze, die viel zu groß für ihn war. Er öffnete seine
Kutte und ich sah, dass er unter der Kutte völlig nackt war.
Sein Glied baumelte zwischen seinen Oberschenkeln wie
der Schwanz eines Hengstes. Sein Glied war dunkel und
schrumpelig, hing bis zu den Knien herab, da traten zwei
weitere Kapuzen an seine Seite und hoben mit vier
Händen dieses Ungetüm von Schwanz hoch. Er trat näher
zwischen meine Schenkel und sie legten sein Glied auf
meinen Bauch. Er reichte bis zu meinen Brüsten, sein
Gewicht drückte beträchtlich. Die Kapuzen beugten sich
nieder und mehrere Zungen umspielten seine riesige
Eichel. Sie wuchs zu einer unvorstellbaren Größe an.
Seine Vorhaut sprang zurück. Mittlerweile reichte sein
Schwanz bis zu meinem Mund. Ich konnte ihn riechen.
Seine Eichel war rot glänzend und hatte ein tierisches
Aussehen. Ich leckte wie in Trance die Stelle, die mir so
gut vertraut ist, die Unterseite seiner Eichel entlang. Die
Eichel wurde immer größer, mittlerweile war sie hellrosa.
Plötzlich bekam ich keine Luft mehr, alles verschwamm
vor meinen Augen. Ich roch denselben Geruch wie heute
am frühen Abend. Er hatte mich mit seinem Sperma
überschwemmt. Ich wischte mit der Hand durch mein
Gesicht, schluckte und hatte einen Geschmack, wie von
einem Soufflé auf der Zunge. Ich schluckte und schluckte,

da rüttelten mich die beiden Gestalten, die vorher seinen Schwanz liebkost hatten, dabei fiel einer von ihnen die Kapuze in den Nacken, ich erkannte ... Mira … ich schrie laut „Mira, Mira!" das Rütteln hörte nicht auf;
„Was ist mit Dir?"
Ich erwachte, mein Mann schüttelte mich,
„Wach auf, Du hattest einen Alptraum."
Ich war in Schweiß gebadet. Hatte ich im Schlaf gesprochen. Ich würde es morgen versuchen zu erfahren. Ich stand auf, duschte warm und legte mich wieder schlafen.
Ich nahm mir vor, Walter eine Weile nicht zu besuchen.

... im Darkroom

Nach meinen wilden Alpträumen um Walter, besuchte ich ihn nur alle paar Wochen, um sein neuestes Script abzuholen und ein altes mit Kommentaren abzugeben. Wir unterhielten uns ganz allgemein bei einer Tasse Tee. Eines Tages ist Walter nicht mehr so ausgeglichen, ich bemerke sofort nach der Begrüßung, irgend etwas brennt ihm auf der Seele, will er mich nicht mehr sehen, will er nun doch mehr von mir, als nur Texte lesen?
Walter druckst herum,
„Ich habe da eine Einladung."
Will er mich in ein Hotel mitnehmen, um nicht zu Hause zu sündigen?
Mit seinem Buch ginge es nicht recht vorwärts. Nun, ich konnte mir auch nicht vorstellen, wer das kaufen sollte. Er sagte in Belgien gebe es eine PR-Messe. Da wolle er hinfahren, da ich Karl-Heinz mittlerweile so gut wie er kenne und von der wahren Liebe noch viel mehr, würde er

mich gerne mitnehmen. Wir würden früh morgens losfahren, die Messe besuchen, abends mit allem gebührenden Anstand in einem kleinen Hotel übernachten und am nächsten Morgen wieder zurückfahren. So sei ich mittags wieder da. Ich war einerseits über diese Abwechslung sehr erfreut, aber wie sollte ich meinem Mann die Übernachtung klar machen? Ich konnte ja kaum sagen, Walter will mit mir schlafen, zumal ich gar nicht sicher war, ob es dazu kommen würde. Ich musste mir irgend etwas mit Mira oder Karin einfallen lassen. Vielleicht auch ein Klassentreffen.

Mein Mann dachte sich nicht viel dabei, als ich mich für einen Tag zu meiner Mutter verabschiedete. Er schaute bei meinem Auto nach dem Rechten und wünschte mir gute Fahrt. Ich fühlte mich sauschlecht. Hätte am liebsten geheult und ihm alles gestanden.

Frühmorgens fuhr ich mit gemischten Gefühlen zu Walter. Ich ließ den Wagen bei ihm auf dem Hof stehen. Wir fuhren gemeinsam mit seinem Wagen, einem altem Mercedes nach Belgien.

Ich erzählte Walter von meinen Bedenken. Er zeigte viel Verständnis, noch auf dem Weg zur Autobahn sagte er, wenn es mich zu sehr belasten würde, könnte er auch alleine hinfahren. Allmählich fand ich meine Fassung wieder. Ich genoss die Autofahrt und nach einer Stunde legten wir an einer Autobahnraststelle eine kurze Kaffeepause ein. Ich fühlte mich wieder besser. Jetzt hatte ich noch Zeit seine neueste Geschichte von Karl-Heinz Buschmann zu lesen.

Eine recht merkwürdige Morgenlektüre, wie ich fand.

Karl-Heinz wusste, Freitagabend war hier am meisten los. Er kam manchmal her, nicht nur um scharfe Videos zu sehen. Ab und zu konnte er Paare dabei beobachten. Er wusste nicht, was er dann am meisten bewundern sollte, ihre Hemmungslosigkeit vor Publikum so zu ficken, als sei niemand da oder ihre wohlgeformten Körper. Nie hatte er vorne mitmischen können, wenn es darum ging, die schärfsten Hennen rumzukriegen. Früher hatte er sich einem Freund angeschlossen, der riss alles auf, was zwei Beine hatte. Da gab es immer mal Situationen, wo er eine abbekam, nicht immer die hübschesten, aber sein Ding mal wieder reinzustecken und sich als Mann zu fühlen, dazu hatte es immer wieder gereicht. Seit er nicht mehr mit Ilona zusammen war, hatte sich einiges geändert. Sie war keine tolle Frau, nach der sich die Männer umdrehten, aber er konnte immer gut mit ihr quatschen. Sie kochte für ihn, manchmal war sie so scharf gewesen, dass er das Mittagessen hatte stehen lassen. Ihre dicken Möpse hatte keine Form, die man im Playboy bewundern konnte, aber er liebte es, sie zu kneten oder manchmal auch seinen Schwanz zwischen ihnen zu reiben bis zum Abspritzen. Sie hatte danach ihre Titten gründlich abgeschleckt, einfach geil. Sollten diese Tage für immer vorbei sein? Beim letzten Streit war er zu weit gegangen. Er hatte sie in seiner Erregung wild beschimpft. Das war das Ende. Sie hatte sich umgedreht und war einfach gegangen. Er wusste nicht, ob sie ihm nur wegen der tollen Gefühle in seinem Schwanz fehlte oder oder ob er sie wirklich liebte. War im Augenblick ja auch egal. Er wollte sich nach einer beschissenen Woche einfach aufgeilen, vielleicht konnte er mal wieder was abstauben. Im Dunkeln hatte er schon mal Erfolg gehabt. Er zahlte an der Kasse. Den Betrag hielt er abgezählt in der Hand. Ohne den Kassierer anzusehen, ging er an turmhohen Stapeln von Pornofilmen vorbei in den Vorführraum. Hier gab es Monitore in allen Ecken. Auf jedem lief ein anderer Film. Manchmal schämte er sich dafür, in der Ecke, wo Männer miteinander schlafen zugeschaut zu haben. Nein, er war nicht pervers. Er wollte nur ein bisschen von dem haben, was andere scheinbar mühelos bekommen.   Schönen Sex.

Er ging von einer Kabine zur anderen. In einige setzte er sich hinein um schon kurz danach die Kabine zu wechseln. Immer auf der Suche nach dem Kick. Auf einem Schirm lief ein sehr schönes Programm. Ein Mann zog seiner üppigen Partnerin mit den Zähnen die Strumpfhose aus. Zerbiß den Slip, um sich dann ausgiebig um ihre riesigen saftigen Schamlippen zu kümmern. Er dehnte sie so heftig, dass sie rosa durchschienen. Toll.   Er musste unwillkürlich an Ilona denken. Sie hatte wunderbar geschmeckt. Er hatte ihren Kitzler ausgiebig mit seiner Zunge geleckt. Manchmal war sie dann gekommen. Er hatte dann auf ihren Guss gewartet. Nun manchmal hatte sie nur ausgiebig gepinkelt. Er durfte ihr dann zusehen. Er hasste sich dafür, dass er sie hatte gehen lassen. Wo sie jetzt wohl war. Mit wem trieb sie es heute Abend? Mit diesen Gedanken und der alten Wut über sich im Bauch würde es heute nichts werden. Er beschloss erst mal Ilona für zu Hause aufzuheben. Er hatte ja immer noch ein paar Fotos von ihr. Einmal hatte er sich auf den Boden gelegt und von unten voll rein gehalten. Der Mann im Fotoladen hatte dreckig gegrinst, als er die Bilder abgeholt hatte. Er hatte es nie gewagt, davon Vergrößerungen machen zu lassen. Er setzte sich in die zweite Reihe, vor die einzige Leinwand in diesem Kino. Hier zeigten sie nicht so freakige Dinge, wie auf den anderen Monitoren. Toll gewachsene Frauen, eine schöner als die andere.

Alle unerreichbar!

Sein Monatslohn ließ ihn erst gar nicht auf die Idee kommen, einmal für Geld zu bumsen. ... Dieser Bereich des Kinos war immer etwas mehr besetzt. Von seinem Platz konnte er dem Film gut folgen. Viel wichtiger war, in der ersten Reihe spielten sich manchmal geile Dinge ab. Er hatte einmal zugucken können, wie eine Frau direkt vor ihm mit weit offener Bluse auf ihrem Partner saß. Damals hatte die Frau mit den langen blonden Haaren um ihren Lover herum einfach seinen Schwanz aus der Hose geholt und ihn an seinen Eiern hochgezogen, da sie sonst nicht daran lutschen konnte. Ihren Freund hatte das Schmatzen neben seinem Ohr wenig gestört. Beide hatte zum Schluss lauter gestöhnt als die drei auf der Leinwand. Erst als alle im Kino applaudierten, hatte er bemerkt, dass ihm alle zugesehen hatten. Er hatte sich damals sehr geschämt, sein Ding eingepackt und das Kino schnell verlassen. Heute wäre er froh, wenn sich diese Situation wiederholen würde. Aber er konnte im Dunkeln kein Pärchen ausmachen. Er spielte ein wenig an seinen Eiern und merkte wie ihm der Saft hochstieg. Er wollte ihn nicht herausholen und es sich hier im Kino selber besorgen. Einige Zeit später, der Film mit den beiden Nymphomaninnen war zu Ende; begann ein neuer, zwei Männer nutzten die Motorhaube eines schicken Autos dazu, eine Anhalterin ordentlich zu vernaschen. Nun, ihm fehlte nicht nur die Motorhaube. Da betrat eine Frau das Kino. Alle schauten nur noch auf sie. Wo würde sie sich niederlassen. War das der Auftakt zum echten Bumsen? Sie setzte sich in die erste Reihe. Er konnte sehen, dass sie einen recht kurzen Rock anhatte. Das allein heißt ja noch nicht viel. Einer der jüngeren Männer setzte sich neben sie. Einige Minuten später wanderte seine Hand zielstrebig ihre Oberschenkel entlang. Durch die blöde Lehne konnte er nicht erkennen, ob sie einen Slip trug. Sie rührte sich nicht und ließ sich nichts anmerken. Seine Hand musste mittlerweile Kontakt zu ihrer Saftmuschel aufgenommen haben. Sein Ständer wollte heraus....

Ich hatte Walters, Pardon Karl-Heinz Geschichte mit Interesse gelesen. Ich war noch nie in einem darkroom gewesen. War das mehr als ein Kino? Hier blieben einige Fragen offen. Aber irgend etwas anderes störte mich an seinen Geschichten.

Ich fragte Walter einfach, ob sich diese Geschichten gut verkaufen würden. Etwas drucksend gestand Walter, sie würden sich nur schleppend verkaufen, glücklicherweise brauchte er ja nicht davon zu leben. Ich solle ihm helfen daraus eine Erfolgsstorie zu machen. Dazu gehörte auch ein Gespräch mit seinem belgischen Agenten, um mehr Druck zu machen, mittlerweile hätte er beim Verlag einen schweren Stand. Sie wüssten aber nichts über seinen Beruf in Deutschland. Ich schaute ihn lange an, dann sagte ich „Dann darf ich aber auch einiges ändern!"

Er nickte etwas hilflos.

Ich konnte ihm ja nicht sagen, dass ich Karl-Heinz mit jeder Geschichte unsympathischer fand. Als Frau hätte ich einen großen Bogen um ihn gemacht, der Gedanke den Schwanz eines solchen fetten, vielleicht derb schwitzenden Mannes ... dieser Gedanke konnte mir den Kaffee verleiden.

Wir würden einiges ändern müssen, damit Karl-Heinz zu einer Kultfigur im Schlafzimmer würde. Ich fand dies eine tolle Aufgabe. Ich würde meine Erfahrungen und die von Babette, von Mira, von Karin und, und ... einbringen. Ich fand, Walter hätte sich keine bessere Beraterin holen können.

Unser erster Weg führte uns ins Hotel. Kurz frischmachen und umziehen. Ich hatte mir etwas attraktives, aber nicht so plumpes Outfit eingepackt. Ein kurzer schwarzer Rock, eine helle etwas transparente Bluse, und Karin sei Dank, einen tollen, teuren Spitzen-BH. Dazu zog ich schwarze Strümpfe mit Naht an. Während Walter auf dem Bett lag und kurz verschnaufte, zog ich mich so um, dass er alles, wenn auch indirekt mitbekam. Ich hatte die Türe zum Bad offengelassen, und Walter konnte, wenn er wollte, leicht direkt meinen kleinen Hintern bewundern oder im Spiegel den Rest. Ich tat so, als ob ich seine Blicke nicht bemerkte. Männer können in solchen Situationen gar nicht anders, selbst wenn sie so tun, als würden sie Zeitung lesen. Bevor ich meine Bluse anzog, kämmte und schminkte ich mich ausgiebig. Normalerweise drängen Männer immer, wir kommen zu spät, mein Walter war wie ein ausgehungerter alter Wolf, er schaute schön brav zu und genoss.

Dann ging`s zur PR-Messe, ich merkte sehr bald, dass dies eine Porno-Messe war. Wer lief einem da über dem Weg? Noch-Nicht-, oder Möchte-gern-Schauspieler für alle versauten Rollen. Einige Filme kannte ich ja aus dem verborgenen Archiv meines Mannes. Die Frauen übertrafen sich in Auffälligkeit und der Größe ihrer Silikonbusen. Nein, daran hatte ich nie gedacht, meinen kleinen Busen mit Silikon aufzumotzen. Die Männer lieben auch kleine Titten im Bett, zum Anschauen und Träumen vielleicht etwas mehr die dicken Kaliber. Die gab es hier reichlich. Jede hielt ihre Titten vor jede noch so kleine Linse. Einige sahen noch recht passabel aus, wenn man sich das Pfund Schminke mal wegdachte. Überall Stände mit Video-Groß-Projektion, Stöhnen, Mösen, Schwänze, Titten, aus jeder Ecke. Ich bin nicht prüde, aber das ist nicht meine Welt. Sex, wie eine Kirmes, wo sollen da Gefühle entstehen? Karl-Heinz würde sich hier vielleicht wohlfühlen. Weshalb wirkte er für mich manchmal so abstoßend?

Vielleicht hatte Walter ihn hier erfunden.

Ein dicker Mann kam auf Walter zu.

„Herr Pope, dass ist aber eine nette Überraschung, und ihre Assistentin haben sie auch gleich mitgebracht."

Assistentin, ich drehte mich unwillkürlich um, ich war gemeint, kein Zweifel. Aha, dass war sein Agent. Henry Mantisse stürzte auf mich zu, ein Schildchen verriet mir seinen Namen. Küsschen links. Küsschen rechts, ein ekelhaftes Rasierwasser. Er bot uns einen Platz an der kleinen Bar an.

„Ein Glas Champagner für die charmante Lady."

Er war so freundlich, dass ich dachte, Walter, pardon Herr Victor Pope, jetzt kannte ich ja sein Pseudonym, wäre sein bestes Pferd im Stall oder wollte er über ihn an mich heran. Tatsächlich, es dauerte gar nicht lange, da meinte er, so wie ich aussehe, könne ich bei einem guten Freund jederzeit eine Hauptrolle bekommen. Ich lächelte tapfer, wollte es einfach hinter mich bringen. Walter hatte es wirklich nicht leicht, sein Buch wurde nur am Rande erwähnt, immer wieder schweifte er ab, um mir zu schmeicheln. Nun, wenn das so war, versuchte ich mich als Assistentin nützlich zu machen. *„Henry,"* ich nannte ihn einfach bei seinem Vornamen, natürlich mit dem nötigen französischen Nasal,

„Was gefällt ihnen denn nicht an den Geschichten von Herrn Pope?"

Er war begeistert, dass ich ihn direkt angesprochen hatte.

„Ma Cher ami, Anna" oh je,

„Irem elden felt die Freude, pas d̕ amour, ecout, wissen sie, meine Kundscaaft ält in der einen Hand diesen Roman

und in der anderen... na Sie wissen schon."

Ich schlug ihm vor, ein neues Probekapitel zuzuschicken, mit einem überarbeiteten Karl-Heinz. Henry stutzte,

„Das abe ich diesem errn doch schon mal vorgeschlagen, aber er klebt an diese karl-einz, Merci Danke, meine Liebe, Sie aben mich sofort verstanden."

„Darf ich Sie eute abend zum Essen einladen?"

Das *Sie*, könnte auch nur mich gemeint haben, ich dankte ihm sehr für dieses verlockende Angebot und sagte, leider hätten wir schon eine Einladung, nicht bei der Konkurrenz, sondern privat bei Freunden. Er rollte die Augen und machte auf südländischen Gigolo, mit einem Zeichen des Bedauerns und einem Handkuss verabschiedete er sich wortreich. Walter war genauso froh wie ich, dieses Gespräch hinter uns gebracht zu haben. Wir gingen zu einem Bistro eine Cola zu trinken. Irgendwie hatte ich einen schalen Geschmack im Mund. Zwischendurch musste ich mir erst mal Henry´s Handkuss abwaschen, er war mir zutiefst unsympathisch. Ein wahrer Schleimbeutel. Ich schaute Walter an, „Habe ich recht, **du** hast ihn ein wenig zu Deinem traurigen Helden gemacht?"

Walter nickte etwas kraftlos. Irgendwie wollte er ihn damit strafen; was er nicht bedacht hatte, er strafte sich selber genauso. Niemand liest ein Buch, indem er selber schlecht wegkommt. Wir schlenderten weiter über die Messe, nun, da das wichtigste erledigt war, konnten wir uns alles ansehen. Walter merkte man an, dass er schon öfter hier gewesen war. Er konnte mir bei vielen Dingen Auskunft geben. In der Sado-Maso Abteilung gab es Artikel, die ich noch nie gesehen hatte. Einiges kannte ich aus Katalogen, vieles sollte ja nur martialisch aussehen und den Betrachter zu einer Reise in der Fantasie anregen. Ein Gegenstand erregte besonders mein Interesse. Einige Gurte, am Kopf befestigt, ein großer künstlicher Schwanz, in der Branche Dildo genannt, stand wie ein großes Horn auf dem Kinn. Wenn man ihn einführte, würde die Frau einen dicken festen Schwanz spüren, dabei könnte man wunderbar alles beobachten, aus nächster Nähe. Wenn man nahe genug an der Möse war, könnte man die Möse noch mit der Zunge verwöhnen. Wer sich so etwas bloß ausdenkt? Im Geist kniete ich vor Ellen, der Duft ihrer riesigen Möse stieg mir in die Nase und mir schoss unwillkürlich der Saft in meine Muschi, als ich an ihren tollen dicken Kitzler dachte, den ich so schön lecken durfte. Abrupt wurde ich aus meinem Traum gerissen, Walter rief:

„Was schaust Du dir denn da an?"

Ich sagte einfach „schauerlich," das *schön* schluckte ich lieber herunter. Meine Freuden mit meinen Freundinnen hatte ich ihm bisher ja nur vage angedeutet. Er hatte so schon Probleme, meine vielen Geschichten zu verarbeiten. Manchmal erzählte ich ihm einige Details, aus denen er schließen sollte, ich hätte etwas dazu geflunkert. Zuviel Fantasie ist ja nicht strafbar, oder? Walter kaufte einige Bücher, natürlich zu Studienzwecken.

Als er ein Buch mit dem Titel

„Meine Möse spricht mit mir."

in der Hand hielt, schien er am Ende zu sein. Das war nicht seine Welt. Wenn ich mir die Leute ansah, auch nicht meine. Ich fand vieles anregend, doch Sex in der Öffentlichkeit war nun mal nicht mein Ding. Ich brauche die Wärme und Intimität eines lieben Menschen, meistens jedenfalls. Denn wenn ich ehrlich war, hätte sonst mein kleiner Helfer Gustave keinen Platz in meinem Leben gefunden. Hier war Sex nur Business, für Gefühle war hier kein Platz. Meine Muschi hatte nur einmal angeschlagen, als ein Mann auf einer kleinen Bühne zum Schein die Dame seiner Begierde von allen Seiten nahm, wenn auch nur zum Schein. Sein wohlgeformter Körper, von oben bis unten ein geölt, die schönen langsamen rhythmischen Bewegungen, meine Muschi wollte mich schon auf die Bühne schicken, um ihm den schwarzen Slip herunterzureißen. Sein Glied sah darin überdimensional aus. Aus Fernsehberichten wusste ich, dass Männer ihrem Stehvermögen bei Shows mit einem kleinen Lederriemen etwas nachhelfen. Egal, sein Schwanz war jedenfalls stramm im Höschen zu sehen. Dieser Anblick ließ mich einen Augenblick vergessen, dass ich mit Walter hier war. Wer weiß, was sonst passiert wäre. Walter zog mich weg, „Das ist doch eklig, diese schwulen Typen."

Nun Walter hatte die ursprüngliche Reaktion eines Mannes, trotz langjähriger Enthaltsamkeit nicht abgelegt. Falls ein Mann in der Nähe attraktiver als man selber sein könnte, weggehen oder mies machen. Also ist bei dir noch nicht alles tot, lieber Walter.

In einem hatte Walter ja recht, so viele kaputte Typen hatte ich lange nicht gesehen. Walter wirkte, obwohl leger gekleidet, fehl am Platze. Vielleicht lag es auch an seiner Körpersprache, die immer Distanz signalisierte. Ich verstand ihn ganz gut, mich zogen Dinge, die ich offiziell ablehnte ja auch an, als Frau war ich in vielen Situationen genau wie er gefangen. Zeigt man als Frau bei sexuellen Themen zu heftig Interesse, so gilt man als Flittchen. Ein Mann kann noch im Beisein seiner Frau derbe Witze machen. Niemand regt das auf. Der gleiche Witz von seiner Frau vorgetragen, dann ist aber was los. Die Herren der Schöpfung beginnen dann sofort wie wild zu baggern, weil sie glauben, da ist was zu holen. Der Ehemann entschuldigt sich sofort für seine Frau, sie habe etwas zu viel getrunken. Schon sind wir auf der Heimfahrt.

Tolle Gleichberechtigung.

Es wurde Zeit. Wir hatte schon viel Zeit auf dieser Messe verbracht, allmählich hatte ich genug. Wir fuhren zurück ins Hotel. Unser Zimmer war einfach, die Betten standen durch ein Nachttischchen getrennt. Ein trostloser Anblick.

Walter sagte, wegen der Messe habe er keine Einzelzimmer reservieren können. Ich würde natürlich eine Quittung für ein Einzelzimmer bekommen, damit es zu Hause keine Probleme gebe.

Wir beschlossen vor dem Abendessen uns noch etwas auszuruhen. Natürlich jeder auf seinem Bett. Ich stand auf, um mich für den Abend nett zu machen. Ich hatte das Bedürfnis den Tag hinter mir zu lassen, nicht nur Henry, meinen neuen Verehrer. Ich duschte ausgiebig, machte danach die Badezimmertüre wieder auf, damit die warme Fönluft wieder raus konnte und der Spiegel nicht mehr beschlagen war. Ich stand nur im Slip da. Ich konnte förmlich spüren, wie Walter kämpfte. Ich cremte mich ganz langsam von Kopf bis Fuß ein und ließ Walter an vielen kleinen Geheimnissen teilhaben. Er lag auf dem Bett und schaute mir zu. Nun bemühte er sich nicht mehr, unbeteiligt zu erscheinen. Er genoss es, dass ich ihn teilhaben ließ.

Dann gingen wir zum Abendessen. Walter hatte sich auch schick gemacht. Er duftete gut. Er hatte in der Nähe des Hotels in einem *petite Restaurant* einen Tisch für zwei in einer kuscheligen Ecke reserviert. Ob er schon mal mit einer Frau hier war? Egal, Walter hatte Geschmack. Er kannte viele Weine, zu jedem Gang einen Neuen, er stellte ohne Mühe ein wundervolles Menü zusammen. Ich ließ mich gerne von ihm beraten. Wir aßen mehrere Stunden lang bei Kerzenschein. Ich war überrascht, dass ich mich kein bisschen langweilte, obwohl ich davon ausgehen musste, dass sich danach nichts mehr abspielen würde.

Zurück im Hotel bedauerte ich ein wenig, dass wir nicht noch länger in dem netten Lokal geblieben warten. Die Stunde der Wahrheit nahte. Als ich unsere traurige Bettstatt sah, dachte ich, nur schnell einschlafen.

Ich wälzte mich eine ganze Zeit von einer Seite zur anderen. „Walter ich kann nicht schlafen, darf ich zu dir kommen?" Schweigen. Ich lauschte, ich hörte kein regelmäßiges Atmen, er war auch noch wach. Nun, obwohl ich nicht besonders bibelfest bin, dachte ich, dann muss der Berg eben zu dir kommen. Ich glitt aus meinem Bett heraus, hob seine Bettdecke an und rutschte hinter ihn. Er sagte nichts, noch nicht einmal, das geht nicht. Ich legte meinen Arm um ihn und legte meine Hand auf seinen Bauch. Nach einer Weile ließ ich meiner Hand freien Lauf. Sie krabbelte abwärts. Er hatte eine altmodische Schlafanzughose an, praktisch nur der seitliche Eingriff. Ich ließ meine kleine Hand verschwinden. Er rührte sich nicht. Ein gutes Zeichen, wie ich fand. Dann wurde ich mutiger, legte meine Hand auf seine Eier und kraulte sie zärtlich. Sein Schwanz, vorher schon fast steif, stand wunderbar. Ich glitt entlang bis hinauf zu seiner Eichel. Sie fühlte sich kein bisschen alt an. Prall und hart, sogar etwas saftig stand sie da. Ich formte mit Daumen und Zeigefinger ein O und führte langsam meine Hand über seine Schwanzspitze. Ich spürte, das er keinen Widerstand mehr leisten würde. Ich erhob mich ein wenig, schob die Decke zurück und näherte mich seinem tollen Glied. Ich hatte vorher schon gefühlt, dass er schön geädert war. Darauf stehe ich besonders. Nun konnte ich ihn riechen. Trotz der Dunkelheit sah ich ihn deutlich vor mir. Mein Mund nahm ihn ganz langsam auf. Vielleicht hatte er so etwas noch nie erlebt. Ich war ganz vorsichtig, wollte ihn nicht mit meiner Geilheit zu sehr erschrecken. Er drehte sich mir zu, nun kam ich noch besser an sein gutes Stück. Abwechselnd leckte ich seinen Schaft, dann seinen Sack mit den Eiern. Er begann leise zu stöhnen. Ich hatte gewonnen. Seine Hände streichelten meine Brüste ganz zart. Seine Rechte fand endlich den Weg zu meiner triefenden Muschi, auch wenn ich wusste, er würde ihn nicht reinstecken, so wollte ich selber auch etwas davon haben. Er war ungeübt, aber nicht ungeschickt. Wer wollte es ihm verdenken. Ich ließ ihm freie Bahn, spreizte meine Schenkel, damit er leichter an meiner kleinen Muschi spielen konnte. Allmählich wurde er mutiger. Ein Finger wanderte in die Tiefe. Ich signalisierte ihm durch die Bewegungen meines Popos, dass er auf dem richtigen Wege war. Sein Schwanz saftete mehr als ich erwartet hatte, ich genoss alles. Es konnte nicht mehr lange dauern, bis er abspritzen würde. Ich machte mich bereit. Ich wollte, schon um nie mehr diesen bösen Traum zu haben, alles schlucken, wenn man etwas kennt, hat man keine Angst mehr, die man im Traum verarbeiten muss. Irgendwie saugte ich zu stark, Walter drückte meinen Kopf zur Seite, er war viel empfindlicher als die meisten Männer, das hatte ich in meiner Geilheit übersehen. Ich leckte also wieder langsamer, da merkte ich, dass die Bewegungen in meiner Muschi aufhörten, er legte sich zurück und schoss ab, wie ein Mann, der lange keine Liebe gemacht hatte. Seine Ergüsse schmeckten sehr gut. Ich liebe den Geruch und den Geschmack frischen Spermas. Da möchte ich mit niemandem teilen.

Als er voll abgespritzt hatte, lag er wie tot da. Ich kletterte über ihn und kuschelte mich in seinen Schoß, noch bevor ich weiter nachdachte, war ich eingeschlafen. Am Morgen duschte ich, während Walter sich im Bad rasierte. So fand ich es viel schöner. Wir frühstückten ausgiebig und machten uns dann auf den Heimweg.

Nun hatten wir viel Zeit über uns zu sprechen, und natürlich über Karl-Heinz. Walter meinte, ich hätte recht, auch wenn ihm körperliche Liebe versagt bliebe, bedankte er sich für meine Zärtlichkeit. Er müsse einsehen, das anderen Menschen viel an Sex liege. Er hätte nicht das Recht ihnen diese Freude zu nehmen, da er sich anders entschieden hatte. Von nun an wolle er seinen Helden anders agieren lassen.

Wir bastelten für Karl-Heinz Buschmann ein neues Image. Ich sagte, seine Romane würden sich deshalb nicht verkaufen, weil die Leser nichts über sich selber lesen wollten, Karl-Heinz sei wie ein Alltagsmensch. Voller verpasste Chancen, mittellos. Von der Natur benachteiligt. Wo sollte da der Kick sein, so waren viele seiner Leser selber, sie brauchten ja nur in den Spiegel zu schauen. Wir müssten eine neue Figur erfinden oder Karl-Heinz aufpeppen, dann könne der Leser vielleicht auch für sich Hoffnung schöpfen.

Mir kam da eine Möglichkeit in den Sinn, wie wir vorgehen könnten. Manche Männer merkten z.B. erst nach einer Scheidung, dass sie nicht mehr so attraktiv wie früher sind. Ich schlug vor, mir Karl-Heinz in diesem

Sinne vorzunehmen.

Ich würde ihn abnehmen lassen, meine Tipps gingen aber noch viel weiter: mehr Mundpflege.

(Wieso eigentlich, konnte eine Romanfigur schlecht riechen?)

Mir fiel auch schon eine erste kleine Geschichte ein.

Kontakt zu einer Benachteiligten wie er, auch recht dick, findet ihn toll. Karl-Heinz erlebt nach x Jahren wieder wilde Liebe, zuvor räumt Karl-Heinz erstmals nach Jahren richtig auf, ist aufgeregt, kauft frische Bettwäsche.

Walter ist begeistert. So habe er die Dinge nie gesehen. Sex sei für ihn immer mit Schuldgefühlen und Schmutz belastet gewesen.

„Anna, Du bist eine tolle Frau, ich habe noch nie eine Frau wie Dich getroffen, Du bist so frei in sexueller Hinsicht und dennoch so normal."

War das seine Art, mir eine Liebeserklärung zu machen?

Wer sollte eigentlich vor Monaten wem helfen?
Hatte ich meinen Beruf verfehlt?

Ich dachte, wer wie ich soviel Liebe in seinem Leben empfangen hatte, darf ruhig etwas davon zurückgeben.

Ich las Walters neuen Text:

Der Weg des Karl-Heinz Buschmann zurück ins Leben und zu den Frauen

Ich hatte Walter einige Monate nicht gesehen. Nun da der Sommer wieder einmal zu Ende ging, kamen auch andere Gedanken. Ich hatte meinen Garten und das Haus gut in

Schuss. Die Zeit, in der ich mich leicht bekleidet draußen an der frischen Luft aufhalten konnte, gab mir sehr viel. Meine wilden Abenteuer lagen überwiegend in den regnerischen Monaten, scheinbar war ich da nicht so ausgeglichen, obwohl ich zu allen Zeiten einen strammen Burschen vertragen kann. Alles lief recht zufriedenstellend.

Nach dem Besuch bei Walter und der folgenden fürchterlichen Nacht hatte ich keinen weiteren Alptraum mehr gehabt. Scheinbar war mein Konzept mich selber mit Walter von Walter zu therapieren aufgegangen. Ich ging also bereitwillig auf Walters Vorschlag ein, mir ein Kapitel aus seinem Werk mit Karl-Heinz Buschmann, dem armen Sexmaniak vorzulesen. Bereits am Telefon meinte er, ich könne so ziemlich alles daran ändern. Er hatte scheinbar Angst, ich würde absagen. Ich nahm mir vor, mich nur auf Karl-Heinz und nicht auf Walter zu konzentrieren. Irgendwie reizte mich die Aufgabe, einen Mann so aufzubauen, dass er eine Überlebenschance hatte, wenn auch nur sexuell. Das es Karl-Heinz gar nicht gab, tat dabei nichts zur Sache. Mann ist Mann, warum sollte ein fiktiver Karl-Heinz anders reagieren, als alle Männer die ich je kennen gelernt hatte. Wir verabredeten uns wie bei den ersten Mal am Morgen. So kam auch für mich keine unkalkulierbare Stimmung auf, wie schon einmal in den Abendstunden, allein mit einem interessanten Mann. Diesmal wollte ich meine Muschi zuhause lassen, auf jeden Fall würde ich ihr kein Mitspracherecht bei diesen delikaten Wendungen des Schicksals einräumen.

Karl-Heinz will`s nochmal wissen.

Seine Traumfrau Erna arbeitet in der Wurstabteilung eines Supermarktes. Er hat schon mehrmals mit ihr gesprochen. Er hatte den Eindruck, die könnt es sein.

Sie kommen wieder ins Gespräch. „Komm bitte gleich zur Leergutabteilung!" Karl-Heinz wartet geduldig. Da komm sie. Ungestüm küsst er sie, greift ihr an die dicken Titten, dann zwischen ihre üppigen Schenkel, erinnert sich an seine verflossen .... Er bekommt einen Hammer wie schon lange nicht mehr. Würde am liebsten direkt hier über sie herfallen. Es scheint Erna auch zu gefallen. Dann wird es ihr doch zu mulmig in der Leergutabteilung, irgend jemand kommt. Schnell lädt sie ihn zu sich nach Hause ein.

„Komm bitte gleich an die Wursttheke. Ich möchte dir noch etwas besonderes mitgeben."

Als Karl-Heinz an der Wursttheke ansteht, wartet er, bis er nur noch allein dran ist. Sie sagt, ich hole dir noch etwas ganz besonderes, ganz frisch. Sie verschwindet und kommt mit einer Knackwurst in einer durchsichtigen Plastiktüte zurück.

„Diese Wurst hat ist eine Spezialität des Hauses, sie hat an den beiden Enden verschiedenen Geschmack." Er nimmt sie und bedankt sich mit glänzenden Augen.

Karl-Heinz kann es kaum abwarten nach Hause zu kommen und die Wurst endlich auszupacken.

Er sitzt in seiner weißer Feinripp Unterhose und Unterhemd am Küchentisch. Ihm tritt der Schweiß auf die Stirn. Er ist so aufgeregt. Dann packt er die Wurst aus. Riecht ausgiebig an beiden Seiten. Leckt an beiden Enden. kein Zweifel, dieses Würstchen war schon dort gewesen, wohin er noch wollte. Der Duft ihrer Möse geilte ihn total auf. Er lehnte sich zurück und schob das andere Ende in sein Arschloch. Zog es heraus und leckte es inständig, gleichzeitig rieb er seinen Kolben, er war ganz zufrieden, heute stand sein alter

Freund ohne Probleme. Er zögerte seinen Erguss möglichst lange hinaus, heute schien es ihm eine Ewigkeit, die er durchhielt. Dann wollte die weiße Soße heraus. Er stellte sich hin, legte das Würstchen auf die Tischkante und spritzte alles auf das Wurstende dabei stellte er sich vor, Erna würde seinen kleinen Begleiter ablecken und sanft hinein beißen. Dann konnte er nicht widerstehen und biss selber kräftig hinein. Nicht genug damit, er kaute alles gründlich durch und schluckte danach alles hastig runter.

Karl-Heinz war begeistert.

Heute Abend würde er Erna erzählen, wie gut alles geschmeckt hatte. Er stieg auf seinen Roller und fuhr zu ihr. Sie öffnete ihm in einem Kleid, von dem er weder Anfang noch Ende erkennen konnte. Egal, er würde sich schon zurecht finden in diesem Flatterkleid. Er gab Erna einen kleinen Strauß Blumen. Die hatten bei der Rollerfahrt sichtlich gelitten. Erna übersah es und bat ihn herein. Sie setzten sich ins Wohnzimmer. Karl-Heinz hatte gar keine Zeit sich umzusehen, er wollte nur eines, sie möglichst bald aus all diesen Tüchern auswickeln und seinen Schwanz möglichst zwischen ihren dicken Titten reiben. Sie tranken zusammen ein Glas Wein. Karl-Heinz war froh, dass sie ihn nicht zu seinem Lieblingswein befragte. Als eingefleischter Biertrinker hatte er keine Ahnung von Wein. Er trank es ihr zuliebe, um keine unnötige Zeitverzögerung herauf zu beschwören.

Erna kam ihm sehr entgegen.

Kaum saßen sie auf dem Sofa, durfte er sie schon küssen. Karl-Heinz schwebte im siebten Himmel. Sein Begleiter in der Hose klopfte ungeduldig von innen an den Reißverschluss. Dann endlich fragte Erna, „Was hast Du mit dem Würstchen gemacht? Karl-Heinz hatte sich die Antwort schon zurecht gelegt, er wusste. Sprechen war ja nicht seine Stärke.

Er antwortet stolz: „Das habe ich ganz aufgegessen."

Erna riss sich aus seiner Umarmung los.

„Hast Du außer Fressen nichts im Kopf!"

Karl-Heinz bemerkte sofort, er hatte es vermasselt. Sie war tief enttäuscht. Statt seine Eier zu kraulen und seinen lange vernachlässigten Schwanz liebevoll zu streicheln und zu lecken und... entzog sich Erna seiner Umarmung, sie zog seine Hand aus ihrem riesigen BH und meinte, so geht das nicht. Karl-Heinz saß da wie ein begossener Pudel. Er meinte nur kleinlaut,

„Dann gehe ich jetzt besser."

Keine Antwort. Eisige Stille.

Karl-Heinz zermarterte sein Gehirn, war noch was zu retten? Aber außer einem ziemlich dünnen „Entschuldigung" kam nichts über seine Lippen.

Karl-Heinz erhob sich und ging zur Türe.

Er kannte diese Situation schon zu genau.

Wie oft war er kurz bevor er am Ziel seiner Träume angekommen war, abgeblitzt. Also wieder nichts, dabei fand er Erna ganz prima, mit ihrem großen freundlichen Gesicht, nicht nur wegen ihrer dicken verlockenden Titten.

Die Tür fiel hinter ihm ins Schloss.

Er stand mit seinem abklingenden Ständer im Treppenhaus.

Also wieder nach Hause. ...

Ich sage zu Walter:

„Wer soll sich denn daran aufgeilen, Karl-Heinz ist doch das noch ärmer dran als das Würstchen, was er gerade verschlungen hat! Da müssen wir aber noch einiges ändern".

Walter nickt willenlos.

Er weiß irgendwie kommen seine Helden nicht an.

„Fangen wir ganz vorne an. Karl-Heinz kann ja ruhig ein

nahezu chancenloser Mann sein, aber weder Mann, noch Frau liebt einen Mann, den man sich unappetitlich vorstellt. Ich glaubte den Schweiß von Karl-Heinz zu riechen, wie er da in seinem fleckigen Feinrippunterhemd am Küchentisch saß, der Traum aller verlassenen Frauen. Eine Frau hat ja noch mehr Möglichkeiten, bevor sie sich mit einem dicken stinkenden Exemplar abgibt. Schwanz groß oder klein, egal, nur ungewaschen igitt."

Walter war sprachlos.

So hatte er diese Situation nie gesehen, er glaubte, der Mann in Unterwäsche am Küchentisch hätte viel mit Erotik zu tun. Ich musste ihn enttäuschen.

„Walter, auch Frauen haben einen Stolz, selbst wenn sie geil sind. Es gibt auch da eine Schmerzgrenze." Ich schlug also vor, Karl-Heinz aus der Gosse zu helfen. Er war kein Alkoholiker, kein Junkie, er hatte einen Job als Gabelstaplerfahrer. Daraus könnte man doch irgendwie eine spannende Geschichte machen. Das er wenig Charme hatte, sein Äußeres sehr zu wünschen übrig ließ. Ich sah es als meine Pflicht an, ihn von diesem Schmuddelimage zu befreien.

„Walter Du willst schon wieder alle strafen, die sagen, Sex ist schön, selbst wenn man als Mann zweite Wahl ist,"

„Gönn` dieser armen Sau doch einmal ein schönes Erlebnis. Er wird ohnehin weniger Kontakt haben als viele seiner Artgenossen."

Walter nickte.

Ich war die Expertin.

Er staunte wohl mit welcher Heftigkeit ich mich um seinen Helden kümmerte.

Ich überlegte krampfhaft, wo für mich die Schmerzgrenze läge, mit einem Mann zu schlafen, wenn ich es dringend brauchte. Bisher war ich glücklicherweise nie in einer solchen Situation gewesen. Ich wusste nur, sauber, nah einigermaßen sollte er schon sein. Jedenfalls kein alter Schweiß. Den kann ich nicht ab. Bei frischem kann ich ja selbst der Anlass gewesen sein.

Walter war hin und her gerissen, maßlos enttäuscht, dass sein Held gerade gestorben war und begeistert, weil er wusste, ich ließ ihn nicht allein mit dieser Geschichte.

Mein erster neuer Entwurf zu seinem traurigen Helden folgte:
Walter las ohne aufzublicken.

Karl-Heinz traf eine folgenschwere Entscheidung.

Heute trank er das letzte Bier.

Ab sofort gab es nur noch Wasser.

Erstmals eine sehr schwere Entscheidung. Er wusste so wie er es bisher angepackt hatte würde es mit Erna oder einer anderen niemals klappen.

Also musste ein Plan her. Soviel wie möglich gehen und sich bewegen. Mal den Roller stehen lassen und auch größere Strecken zu Fuß meistern. Nach dieser Stufe Eins, er dachte dabei an eine Rakete, kam Stufe 2. Er würde regelmäßig in ein Fitnessstudio gehen und sich fachkundigen Rat zum Abnehmen und zur Steigerung seiner Kondition holen. Erna würde sich freuen, wenn er dann Durchhaltevermögen zeigen könnte. Die Stufe 3 wollte er später überlegen.

Gedacht getan, die ersten beiden Wochen hatte er geschafft. Seine Kollegen machten sich zwar über ihn lustig, wenn er nach einen ausgiebigen Training kaum die Treppe zum Sozialraum hochkam. Jetzt war der Muskelkater sein ständiger Begleiter. Bei der vielen Bewegung kam er natürlich ordentlich ins Schwitzen. Jetzt duschte er regelmäßig und versuchte auch mal ein nicht zu teures Deo.

Er war überrascht, als ihn Kollegen darauf ansprachen.

„He, Karl-Heinz, was ist los? Hat dein Puma Urlaub?"

Dieser Puma konnte auch mal ein Iltis sein. Er verhielt sich ruhig, erwiderte nichts. Das schien ihm das klügste.

Die Pfunde purzelten, weil er jetzt keine fettigen Sachen mehr aß. Er mied Fritten. Acht Kilo weniger konnten sich schon sehen lassen.

Seit vielen Jahren hatte er behauptet, Sauna könnte er wegen seinem Kreislauf nicht vertragen. Das was eine fette Lüge. Er schämte sich einfach mit seinem Übergewicht zwischen wohlgeformten Körpern zu sitzen.

Auch dieses Tabu musste er bekämpfen.

Er quält sich jeden Tag einige Pfunde ab, verzichtet auf Currywurst mit Mayo, vormals eine seiner Lieblingsgerichte.

Nun auch noch ein paar Laufschuhe. Karl-Heinz staunte nicht schlecht, wie viel leichter es sich damit laufen lässt. Vorher hatte er immer noch seine normalen Straßenschuhe angezogen. Nun, woher sollte er das auch wissen? Wen sollte er fragen ohne sich gleich eine blöde Bemerkung einzuhandeln?

Nun fühlte er sich nicht mehr so unbeweglich wie früher.

Er passte Erna zu Hause ab. Diesmal hatte er einen ordentlichen Blumenstrauß dabei.

Erna kam gerade zu Hause an und er fragte: „Können Sie mir vielleicht sagen, wo die entzückende Erna wohnt?"

Erna fand das eine sehr plumpe Anmache von einem Wildfremden. Dann schaute sie Karl-Heinz an. „Duuu?"

Karl-Heinz lächelte verlegen. „Ja"

„Du hast Dich aber mächtig verändert!"

Jetzt lächelte Erna auch. „Komm rein, aber diesmal alles ganz langsam

angehen! Hörst Du?" Karl-Heinz nickte und dachte schon an die langersehnte langsame Nummer mit ihr.
Erna sollte nicht enttäuscht werden.

Walter las die Zeilen. Sagte erst mal kein Wort. Ich war etwas enttäuscht, nach soviel Mühe und Einsatz für seinen Helden.
Dann schaute er mir tief in die Augen.
Ich sah wie sich eine kleine Träne den Weg bahnte.

„Liebste Anna, das ist Liebe! Wahre Liebe!
Ohne Dich hätte Karl-Heinz keine Chance!
Und ich auch nicht." fügte er leise hinzu.
„Danke meine Liebe!"

Walter erhob sich und umarmte mich auf das Herzlichste.

Nun war meine und seine Therapiesitzung zu Ende.

Ich fuhr zufrieden nach Hause.

Vielleicht hatte ich ja selber Talent, mir einen Helden aus-
zudenken. Ich würde jedes neue Kapitel dann Mira vor-
lesen. Ich wusste jetzt schon, sie würde ihre Freude daran
haben und mir saftige Ergänzungen liefern.

Ich hoffe, Sie hatten beim Lesen genau so viel Freude, wie ich beim Schreiben.

Ihre Victoria

Ende   Teil **2**